# 幸《こう》福《ふく》人《じん》フー《ふー》

坂口恭平

僕の妻は「しあわせ」のお手本

祥伝社

# 幸福人フー

僕の妻は「しあわせ」のお手本

2022年7月20日　執筆開始

第一回

# 幸福な人

はじめまして、坂口恭平です。もう自分の説明はしません。自分が何者なのかもわからないし、もうわかってもらえなくてもいいし、そもそも自分がわからないので気にしません。適当に好きに生きていきます。ということで、今回は幸せとは何か、という僕の主要な研究テーマについての研究書を書いてみたいと思います。不幸せではない人生を送る、とかではなくて、幸せとは何か、です。これはつまり、幸せな人を対象にしなくてはならないのですが、幸せだと自認している人ってなかなかいないんですよね。でも、僕は何人か知ってます。ということで、僕はこれまで自分を幸せな人だと自覚している人に何人か出会って、インタビューをしてきました。その中のいくつかは本になっています。僕の初期の仕事である路上生活者へのフィールドワークも、路上生活者を調査していたのではなく、あれも突き詰めていくと、幸せな人を見つけ出し、その人から話を聞いてきたんだなと今ではわかってきました。

ということで、「幸せとは何か?」を研究していくのは、僕にとってライフワークなんですね。僕は幸せになりたいと思って生きてますので、人生で一番、気になることであり、調べたいことであり、研究したいことであり、修行していきたいことなんです。こういうのが見つかると、それはそれで幸せですよね。ずっと取り組んでみたいテーマがあるのは幸せなことです。そのことにどんどん時間を費やすことができるんですから。ワクワクしてくるんです。ああ、これだあ、生きるってえ、と感じるってことです。で、今回もまた幸せ研究がはじまるわけですが、今回の取材の対象は、なんと僕の妻なんです。

『幸福人フー』と、タイトルをつけましたが、その「フー」という女性が僕の妻です。僕は出会ってからずっとフーちゃんと呼んでます。初めて出会ったのが2001年、僕が23歳の時です。ですから、もう出会って20年以上が経過しているんです。2006年に結婚したので、結婚17周年になります。

なんでフーちゃんの研究をしようと思い立ったのかと言いますと、それこそ思い立ったのは、もう20年以上前のことになるんです。だから出会ってすぐってことです。なぜなら、フーちゃんが恐らく、僕が生まれて初めて出会った、幸福な人だったからです。

もちろん、フーちゃんが自分で「幸せだあ」って言ったわけではないですよ。あんまりフーちゃんはそんなこと言わない人なんです。でも、僕がそう感じた。とにかく僕は、幸福な人に対するアンテナが半端《はんぱ》なかったわけです、当時から。なぜなら、自分で自分のことを幸せだと感じていなかったからですし、しかも、幸福を人一倍追い求めていたからかもしれません。

僕がフーちゃんと出会った当時、僕は23歳だったわけですが、大学はもうすでに卒業しており、就職活動を一度もすることなく、フリーター生活に足を踏み入れてました。卒業論文として書いた一冊の本を出版するという目標だけは頭にありましたが、それ以外には人生の展望はなかなか具体的に思い描くことはできず、とは言いつつ、別にもがいているわけでもなく、なんかしたいのになあ、何をしたいんだろうなあ、なんかできることがあるような気がするんだけどなあ、でもなかなかうまくいかないなあ、くらいにぼんやりと悩んではいました。将来に関してはそこまでは暗い状態ではなかったんですが、しかし、精神的な問題を抱えていたんです。

それがのちに躁鬱《そううつ》病とわかるのは、29歳の時なんですが、それまでは躁鬱病という病気のことも何一つ知らなかったですし、病院にも一切通っていませんでした。しかし、突然やってくる「なんでもできる万能感」とその後に必ず突然やってくる「自分なんてダメだダメだ、全然ダメだ、もう人生終わりだ感」に苦しめられてました。それでも誰にもこの問題については口にしたことがなかったんです。人に言ってはいけないものだと思い込んでいたところもあります。人に見せるくらいなら、友達と遊んでいても、突然いなくなって、家に帰って、一人で泣いたりしたほうがマシだと思ってました。で、人に言わないものだから、人と比較ができないんですね。どれくらいとんでもない問題なのかがわからない。わからない時は、決して、たいしたことないだろう、という楽観視なんかできないんです。で、どんどん暗くなる。問題は大きくなる。人に言わないでいればいるほど、僕のこの名付けようのない不安は肥大化してまして、もう自分で持ち堪《こた》えることができなくなっていたんです。将来の不安どころじゃなかったんです。それくらい、この毎日コロコロ変わる心との付き合い方に限界を感じていたんです。まだ死にたいとは思っていませんでした。僕は幸せになりたいと思ってましたから。死ぬのなんかとんでもない、と。でも、それでも、キツすぎて、死んだほうがマシなのかもと思いそうになってました。それくらいキツかった。

で、なんで、この話をしたかと言いますと、フーちゃんは僕が生まれて初めて、自分の鬱《うつ》を直接、目の前で見せた人なんです。

それは僕が23歳の時でした。で、その時のことを簡単に書いておくと、僕はフーと出会って、付き合いはじめてすぐに、一緒に京都に旅行に行ったんですね。躁《そう》の力で思い切って。青春18きっぷを一応、持ってはいたのですが、キセルして行ったんですね。初乗りの切符だけ持って、改札から入って、それで京都まで行ったんです。で、到着したはいいものの、到着してすぐに疲れがたたって、鬱になっちゃったんですね。さすがに恋人と一緒に旅行しているのに、鬱が出てきちゃったから、泊まる部屋は別々でとか言えないわけです。お金もないですし。ということで、隠し通すこともできないもんですから、今でも忘れもしません、ガードレールに座って、「もう歩けない、実は、僕は調子が良い時もあるけど、突然、調子が悪くなってしまう」と言ったんです。当時、鬱って言葉すら使ったことがありませんでしたから、うまく説明もできなかったと思うんですけど、それでも、さっきまでの自分とは違って、自分には二面性があって、この状態になると、落ち込んで、自己否定が止まらず大変なことになる、と告白しました。仕方なく、もう言うしかなかったんです。

で、初めて鬱の自分を他人に見せたんですね。誰にも見せられなかった姿を。今となっては何をそんなに大袈裟《おおげさ》に、ささっと見せたらよかったのに、って思いますけど。当時の僕は元気な自分が本当の自分で、このとんでもなく落ち込んでいる緑色した顔の自分は自分ではなく、悪魔が乗り移っているんだとくらいに思っていたので、人に見せるなんてとてもじゃないけどできなかったんです。で、見せたら、フーちゃんはキョトンとしているんです。で、「あれ、少しも変じゃないけど。でもあなたがきついなら、それは大変だから、ホテルをとって早くそこで休もう。夕ご飯はあとでコンビニでもなんでもいいじゃん」みたいなことを言ったんです。で、僕はびっくりしました。で、びっくりした後に、どわーって、ほっとしたんですね。あ、この姿を見せてもいいんだ、と本当に安心したんだと思います。両親にも見せられなかったわけです。親友にも。だから、どんな時もどこかしら、ひとりぼっちというか、孤独っていうのか、人に言えない不安ってどんどん増幅するので、すごいことになってたわけです。固い殻に覆って隠し持っていたものが、一瞬で、ちょっとした人の一言で、みるみるうちに溶けていったんです。

まさに生まれて初めて安心したのかもしれません、僕は。

で、フーちゃんと色々話をしたんですけど、すると、全く僕と違ってました。びっくりするほど違ってました。

僕は調子が悪くなると、まずむちゃくちゃ孤独感を感じます。これはのちに僕は「いのっちの電話」という、死にたい人からの電話を受けるサービスをはじめるのですが、そこで鬱状態に陥《おちい》っている人、つまり、死にたい人というのは必ずこの鬱状態に突入しているわけで、その鬱状態にいる人ほぼ全員が感じるものがこの孤独感なんですね。フーちゃんにそれを伝えると、ぽかんとしているんです。

「え？　人間ってみんな孤独じゃないの？」

ま、そりゃそうですよ、孤独ですよ。でも、孤独感を感じちゃうわけです。しかし、フーちゃんはぽかんとしている。

「孤独感って感じたことないの？」

僕がそう聞くと、なんかむちゃくちゃ難しそうに考えるふりをするんですが、フーちゃんはいつもそれが長くは続きません。「ないかも？」とさらっと言いました。

「寂しいって感じない？」

「感じないかも……」

「不安は感じるでしょ！」

なんか僕もヤケクソみたいになってきてます。

「えーっとね、不安、ねえ、それは何か具体的な、こうなったらどうしよう、とかの不安？」

「いや、なんか漠然としてて、ぼんやりとしてて……」

「それは大変そうだね……。私、そんな不安は感じたことないのかも……」

「虚《むな》しい、はわかるでしょ！」

「えっと……ごめん、全然わからないかも……。虚しいってどんな感じ？」

「なんか気が遠くなるっていうか……、この先もずっとこんな苦しい状態が続くかと思ったら、もう居ても立ってもいられないっていうか」

「あ、それは大丈夫だよ、ずっと続くことはないと思うよ。だって、これまでもこういうふうになったことあるんでしょ？」

「うん、それはそうだけど、今回ばっかりは違うかもしれないよ。もう戻ってこれないかもしれない」

「またあ、そんなふうに言わないよ、今は疲れてるだけだと思うんだけどなあ。東京から京都まで鈍行で来たんだから、どう考えても疲れてると思うよ。少し休んだらいいと思う。別に、どこか行かなくちゃいけないところがあるわけじゃないし。旅行で来たからってそんなに焦っても仕方がないし、なんか二人で一緒に近くを散歩するだけでもいいじゃない？」

　とにかく、僕にいつも巣食っている、孤独や不安、虚しさや寂しさがフーちゃんには
ほとんどなかったんです。なんかいつも安心しているように僕には見えてました。一体、
どんな育ち方をしたら、こんな感じで生きていけるのだろうか。僕は自分の育ってきた
人生を思い返しながら、またフーちゃんと比べて気が遠くなってしまってます。しかし、
後々、わかってくるのですが、フーちゃんはこの誰もがやってしまう自己否定の大元、
「人と比べて自分を蔑《さげす》む」みたいなことも一切しないのです。

「そりゃ少しは羨《うらや》んだりすることもあるけど、最終的にはその人はその人だし、違う人
だからね……」

　そりゃ言われたらわかりますよ、でも言われても止められないんですよ……、それが
……。僕はフーちゃんと話しながら、あまりにも自分と違いすぎて、さらに落ち込んで
しまいました。

　でも同時に安心もしたわけです。
目の前に幸福な人がいたわけですから。
しかも、目の前に現れた、生まれて初めて出会った幸福な人が、僕のことを好いてく

れているようなのです。

とりあえず、僕はフーと一生をともにしたいとこの時すでに思いました。それが23歳の時。

そして、どうにか自分なりの幸福を手にしたいと思って、これまで仕事や生活をやってきたわけです。

目の前にはずっと、幸福になることの師匠がいたと言っても過言ではないでしょう。

同時に、僕は、自分の気持ちを他人に開示すると安心する、ということもフーちゃんに教わりました。

自分の気持ちを他人に開示し安心した上で、自分なりの人生を進み、自分なりの幸福を味わう。

まさにこの方法が、後の僕の全ての活動の原点になっていくのですが、それがまさにフーちゃんと出会って、生まれて初めて鬱をフーちゃんに見せたところから始まっているんです。この京都での出来事から10年後、僕は2011年に、いのっちの電話をはじめます。その後さらに10年経った今も続いている、死にたい人からの電話を受け続けるという僕のこのライフワークも、もとを辿《たど》れば、僕が自分の鬱をフーちゃんに開示した時に、フーちゃんが僕に伝えてくれた言葉を応用して実践しているんだと僕は思ってます。

しかし、何度かフーちゃんについての研究書を書こうとしてきましたが、全て頓挫《とんざ》してきました。

でもそれは長い年月が必要だったからかもしれないと思います。かつ、僕が幸福を求めている間には実現できなかったことなのかもしれません。

フーちゃんと長い間一緒に過ごしながら、実践を重ねた結果、僕はここ2、3年ですが、ようやく自分なりの幸福を味わう、という生まれて初めての経験をしました。そうすると、さらにフーちゃんの凄《すご》みを感じるようになったんです。なぜなら、僕は「自分なりの幸福」を自分なりの実践や試行を重ねていく上で見出したのですが、その原点である23歳の時から、その時フーちゃんは24歳だったわけですが（フーちゃんは僕のひとつ年上）、彼女はその時から一ミリもブレていないと、今、思うのです。

今こそ、僕は幸福人としてのフーちゃんの研究を実践する時だと思いました。

幸福を知らないとわからないことがたくさんあったからです。

というわけで、早速、フーちゃんの研究をはじめてみましょう。まずは出会った20年前から今に至るまで、僕は彼女を定点観測してきたわけですが、フーちゃんの変わらない、ブレない特徴がいくつかあります。それを挙げてみましょう。

〈フーちゃんの特徴〉

1 フーちゃんは「孤独感を感じる」と言ったことが一度もない。

2 フーちゃんは「寂しい」と言ったことが一度もない。

3 フーちゃんは「自分は不幸である」と言ったことが一度もない。

4 フーちゃんは「後悔」をしたことが一度もない。

5 フーちゃんは「退屈だ」と言ったことが一度もない。

6　フーちゃんは「つまらない」と言ったことが一度もない。

7　フーちゃんは「虚しい」と言ったことが一度もない。

8　フーちゃんは「人の文句」を言ったことが一度もない。

9　フーちゃんが人と揉めているのを見たことが一度もない。

10　フーちゃんが「人と比べている」のを見たことが一度もない。

11　フーちゃんは「一人で」ゆっくりすることができる。

12　フーちゃんが「落ち込んでいる」ところを一度も見たことがない。

今、思いつくだけ、バーッと書いてみましたが、僕は外でも家でもフーちゃんをずっと見ているわけです。僕もフーちゃんも結構暇人ですので、大抵、一緒にいます。毎日ずっと一緒にいるんですが、本当にこの12点、見たことが一度もありません。もはや異常な人ってくらい、健康な感じがします。一体、この人は何者なのでしょうか。

どこまで核心に触れられるのかはわかりませんが、研究を開始してみたいと思います。毎日1時間ほど、フーちゃんについてインタビューをさせてもらうことにしました。一番近くにいる人ですから、取材も一番しやすいです。できるところまでやってみたいと思います。まずは気楽に、子供たちが学校に行った後、朝、コーヒーを飲みながら、フーちゃんと雑談することからはじめてみましょう。

第二回

# フーちゃん語法

今日も子供たちを学校に送りました。明日から夏休みなので、それはそれで僕たちの大変な生活が始まります。家があるマンションの1階がアトリエなんですが、僕たちはそこに二人で下りてきて、コーヒーを飲みながら、またインタビューを再開しました。するとフーちゃんが言いました。

「あのね、こうやって、恭平が私に注目してくれて、話を聞いてくれるのは初めてのことだけどね、あのね、これ、なんだか嬉しいよ」

「えっ、そうなの？」

「恭平がさ、桂文枝《かつらぶんし》さんみたいに、いろんな夫婦たちに、『新婚さんいらっしゃい！』みたいに、新婚じゃなくて熟婚さんたちにもインタビューしたら、絶対色々思い出したりして、仲良くなると思うよ。なんか、このインタビュー、なんか、なんだろ、嬉しいし、がんばろって思える。ありがとね」

注目してもらえて嬉しいというフーの言葉が素直に入ってきました。これがいい本になるとかどうでもよくなりました。やっているだけで、フーちゃんに良い作用がある。

フーちゃんだけでなく僕も一緒に、僕たち夫婦に何か良い作用があるのかもしれません。

「恭平はフィールドワークの達人で、人に話聞くの上手いからできるけど、普通は夫婦同士でこんなインタビューはできないじゃん。恭平が何か企画してやってあげたら良さそう」

「おー、それは出版記念のイベントでやればいいかもね。で、早速また話を聞きたいんだけど」

「うん」

今回は、昨日あげたフーちゃんの特徴について話を聞くことにしました。


「孤独感って、フーちゃん感じないよね？」

「そうかも。というか、孤独で辛いと感じたことが一度もないってことかな。孤独が悪いこと、辛いことだって全く思ってない」

フーちゃんは一人でいることが多いです。いつも外にいて、友達とわいわいやっているという感じではありません。どこかに出かけることもあんまりありません。でも家にいるのが好きって感じでもなく、外で遊ぶのも好きです。一人で出かけることよりも、僕と一緒に出かけることのほうが多い感じです。かといって、一人では外に出かけないというわけでもありません。一人で買い物するのも全然平気にやります。なんというか、こだわりがないっていうか、どんな状態でもいいって感じです。一人で出かけるのも良し、でも、できるなら二人とかのほうが楽しいかな、でも、時には一人でゆっくりするのも楽、と。僕は家で一人でゆっくりしているのが苦手ですが、フーちゃんにはそういうことは全くありません。

「恭平は、鬱の時、よく孤独感を感じるって辛そうに言ってるもんね。それを私は感じたことがないからわからない。辛そうだなっていうのはわかるんだけど」

フーちゃんは、5つ上のお姉ちゃんと両親と暮らしていましたが、中学一年生の時に、大好きだったお父さんが突然亡くなります。だから僕はフーちゃんのお父さんとは会ったことがありません。フーちゃんの幸福の謎を解く鍵の一つとして、フーちゃんの温かい家族があると思っているのですが、実はかなり早い段階で、フーちゃんはお父さんを失っているんですね。失っているはずなのですが、そして、僕はお父さんとは会ったことがないのですが、不思議なことに、僕にとってフーちゃんは三人家族には思えないんです。四人家族なんです。つまり、お父さんはまだ生きているように感じます。僕が感じているくらいですから、きっとフーちゃんたちもそう感じているんだと思います。僕はお父さんが亡くなっていることの寂しさみたいなものを、フーちゃん一家から感じたことがないんです。

いつも僕は、初めてフーちゃんの家に行った時のことを思い出します。ちょっとヘンテコな出会いだったからです。当時、僕は高円寺に住んでいて、フーちゃんは横浜・戸塚のニュータウンに住んでいました。で、僕はよくお酒を飲んで、終電で高円寺に帰るんですが、馬鹿だから、いつも乗り過ごすんですね。で、その日は京王線の千歳烏山駅で飲んでいて、帰ろうとして終点の新宿駅まで行きました。だけどそのまま電車で寝てしまって、気づいたら逆方向の終点の橋本駅にいました。これが終電だったんです。もう帰れないじゃないですか。で、僕はまだ付き合いたてのフーちゃんに電話をして、今からフーちゃんの家に行くよ！　とわけのわからないことを言い出します。タクシー代なんか持っていないわけです。橋本から戸塚なんか遠いですから、せめてまっすぐ高円寺に帰ればいいのに、フーちゃんに会いたかったんでしょうね。それと、得意技の躁状態でもあったんだと思います。普通であれば、フーちゃん、実家に住んでますから、「何を冗談言ってるの、まっすぐ家に帰りなさい」となるはずですが、フーちゃんもちょっとおかしな人ではありましたから、「まあ、恭平が言うのなら、わかったよー、でもどうやってくるの?」と言いました。

僕は当時、天才的なヒッチハイカーだったので、お金がなくても日本一周とか余裕でできていたんです。だから、ヒッチハイクで向かったんですね。戸塚方面に向かうトラックを見つけるのも簡単でした。さらに僕は、話をするのもうまかったので、「それなら高速を下りて、その彼女の家の近くまで乗っけていってあげるよ」とトラックのおっちゃんが乗せて行ってくれたんです。

さすがに、そんなやつ、ちょっといやじゃないですか。それなのに、フーちゃんのお母さんはむっちゃ優しくて、優しいのは僕に対して優しいというよりも、もちろん僕に対してもその後もむっちゃ優しいんですが、フーちゃんが選んだ人なんだから、とやかく言わない、みたいな感じのお母さんだったんです。ただ甘いっていうわけでもなく、でも、フーちゃんの選択に対して敬意を払っているという感じが僕はしてました。

僕の家はどちらかというと、お前は変な選択ばかりするから、そうじゃなくて良い選択のほうを、私たちがしっかりしているから教えてあげる、みたいな感じでした。だから、いつも僕の選択に対して、厳しく批判されていたんですね。もちろん、それはそれで良い批評になっていたと今では思うんですが、フーちゃんのお母さんはそうじゃなくて、フーちゃんのことを信頼していて、あの子が選択したことなんだから最大限に尊重する、だから、とやかく批判しない。フーちゃんが頑張れるところまでは尊重して、大変になったら助けるから言ってね、という感じなんです。

でも、ヒッチハイクして、家に行った時僕はまだ、そんなことは何にも知らないですよ。で、実家なのに、大丈夫なのかな？ と思いました。しかも、俺、彼氏で、しかも、俺、無職で。お金も持ってないし、会社に勤めたりもせずに、作家になりたいとただ夢みたいなことを思い描いている、ま、馬鹿なんですよ。でも、普通に家に入れたんです。ドアのロックが開いて、フーちゃんと会えて、喜んで、それでフーちゃんのお母さんと初めて会って「おばちゃん！ 初めまして！」と僕は言いました。いまだに、僕はフーちゃんのお母さんのことをおばちゃんって呼んでますが、それはこの時からです。おばちゃんの料理を食べて、食べっぷりがいいわね、と言われ、笑われました。で、フーちゃんのお母さんがむちゃくちゃ優しいっていうか、なんでしょうね、ただ優しいだけじゃなくて、フーちゃんのことを信頼していて、その信頼している娘が選んだ人だからって僕のことまで最大限に尊重してくれているんです。ご飯食べたら、お風呂まで沸かしてくれていて、将来何も見えずに、夢だけ見ているんじゃないかと不安だった僕は、おばちゃんが僕の本当のお母さんだったらいいのにな、とすら妄想してしまいました。

あとで、僕は馬鹿だから、何度かフーちゃんもおばちゃんも裏切ってしまうのですが、しかしそれでも二人から文句一つ言われたことがありません。そして、僕はフーちゃんのお父さんの仏壇のある和室に布団を敷いてもらい、寝たのです。そして、こんなどこの馬の骨とも知れない僕を受け入れてくれたことで、何よりも僕が救われたのでありました。

そして、翌日です。僕はまだ寝ていたのですが、物音が聞こえます。おばちゃんが起きていて、台所であれこれやってまして、朝ごはんの匂いがします。なんか、朝ごはんの準備をしてくれているだけで嬉しくなってきました。すると、おばちゃんは僕が寝ている部屋に入ってきたんです。そして、目を瞑《つぶ》ったままの僕が寝ていると思ったのか、静かに音も立てずに、お父さんの仏壇の前に立ち、チーンと鳴らし、お水とご飯をお供えしてました。そして、何やら、おばちゃんはお父さんに対して、おしゃべりをしていたんです。それがずーっと今も記憶に残ってます。お父さんがまるで生きているように僕が今も感じているのは、そのおばちゃんの姿を見たからです。

朝ごはんを食べようと席につこうとすると、僕とおばちゃんとフーちゃんともう一つ、誰も座っていない椅子があって、僕はなんかそれがお父さんの席なんじゃないかって思って、フーちゃんはチーンとすることはなかったのですが、そのことでさらに、お父さんが生きているように感じました。僕は家族の中で死んでいった人に対して、そのように接している人たちをそれまで見たことがなかったので、ジーンとしました。おばちゃんやフーちゃんがお父さんの思い出を話す時、いつも、それが生きている人を思い出すのと何も変わらないことにジーンとしました。僕はこの家族と一緒になりたいと、その時、強く思ったのを覚えてます。

でもフーちゃんがお父さんの死を受け入れていない、というわけではないんです。

「家族は一緒にいるもんだと思ってたけど、突然、死んでしまうこともあるんだなと思ったよ」

「お父さんの死を受け入れてるってことなのかな?」

「どうかな、受け入れられたのかはわからないけど、あ、家族と言っても、別の人間なんだなってその時、強く思ったよ。死んだ後も触ると、まだ温かいんだよね、それが少しずつ冷たくなって、そこにいるのに、いないんだとわかって、火葬されて、骨になるじゃない。死んじゃうことってよくわからないけど、なんだろ、死ぬ時は自分しか死なないんだなってその時思ったの」

「死ぬのが怖くなった？」

「うーんどうかな。そりゃ小さい頃は死ぬのは怖かったよ。でも、私、『火の鳥』のアニメを見た時に、ずっと死なずに永遠に生きているって状態のほうが怖いんだなと思ったから」


フーちゃんは多くはないけど信頼している友達が何人かいます。でも一人の人に自分のことを全部話したりしているわけではない、とのこと。それと、もちろん恭平もいるし、恭平も親友みたいなもんだし、とフーちゃんは言いました。「あ、そういえば、恭平以外の異性の親友ってのはいないね」。そうです。フーちゃんは、誰か異性とご飯を一緒に食べに行くとかはしたことがありません。僕はよく、異性と二人きりで一緒にご飯を食べに行ったりするけど、フーちゃんはそんなことありませんし、僕のその行為を怒ることもありません。フーちゃんは嫉妬《しっと》を全くしません。もちろん、ご飯を食べに行く異性といっても、フーちゃんにもちゃんと紹介していて、フーちゃんとも仲良い人ばかりなのですが。フーちゃんは何か辛いことがあった時は、そういった信頼できる同性の友達になんでも相談します。

　フーちゃんは家に一人でいることが多いです。一人でいるのが好きなんだそうです。でも、人とわいわいするのも好きだと言います。フーちゃんの場合は、一人でいるのも好き、わいわいするのも好き、と好きにこだわりがありません。いろんなことが好きって感じです。でも一人の時間が全然ないのは無理なんだそうです。

　僕は鬱の時、いつも「孤独感を感じる」と言ってしまうんですよね。孤独じゃないのはわかっているんですよ。だって家族もいますし、僕にも信頼できる友人はいます。それでも孤独感を強く感じてしまうんですね。だから、これは僕の孤独感というよりも、鬱状態になるとそういう症状になってしまうのだ、とわかってきたのは、この孤独感がわからないというフーちゃんのおかげかもしれません。僕が何度も、孤独感を感じると伝えても、フーちゃんはなるほど、と言ってくれなかったんです。深いところまでは見ることができないから、あなたの孤独感はやっぱり理解ができない、と正直に伝えてくれました。そして、孤独感を感じることはあるとしても、いかに孤独ではないかをいつも細かく説明してくれました。

「孤独なんじゃなくて、今は、連絡を取りたくないから取っていないだけだし、しかも、相手のほうでも恭平が調子が悪くなっているのを知っているから、今はそっとしてくれているだけだし、でも、恭平が連絡を取りたいと思えて、取ろうと思った瞬間に、友人たちもちゃんと扉を開くと思うから、そのままでいいんだよ」

フーちゃんは、鬱でどんどん孤絶しているように感じている僕にこのように言ってくれてました。これはとても助かりました。フーちゃん自身が、数少ないけれどもとても信頼できる友人との関係を築いているので、孤独という単語が一つも頭の中になかったことが僕を助けるきっかけになったわけです。そして、そもそも孤独のことを悪く思っていないのがフーちゃんでした。生まれて一度も孤独感で辛いと思ったことはないそうです。

フーちゃんは子供の頃いつも一人でよく遊んでいたようでした。ブロックで家を作ってみたり、バービー人形で遊んだり、シルバニアファミリーで遊んだり。シルバニアファミリーの大きな家はお父さんが手作りで作ってくれたむっちゃかわいい家で、とにかく物を大事にするフーちゃんは今でもその家やベッドなどの小物類、お父さんが作ってくれたものを大事に持っています。このフーちゃんの物を本当に大事にする精神にはいつもはっとさせられますし、何よりも、感動するというか、いつも僕は心が動きます。そのような人間でいられたらいいのになあと、どこか遠い昔の人のことを想うように、見てしまいます。

一つ一つの物に対して、これはお母さんが作ってくれた、お父さんが作ってくれた、おばあちゃんから買ってもらったもの、とか何かフーちゃんだけの大事な大切な物語が今も息をしているようです。僕は反対に、物に対して、ありえないほど執着がなく、すぐ人にあげたりするので、フーちゃんはそれはそれでびっくりするそうです。僕はフーちゃんの物との付き合い方がむちゃくちゃ好きです。孤独でないのは、人間だけでなく、物との関係も深く結びついているからなのかもしれません。フーちゃんは僕に、これが欲しいから買ってほしい、ってほとんど言いません。できるだけ物を増やしたくないという精神です。かつ、今まで出会ってきた物と深く繋がることができているので、欲求不満のようなものを感じることがほとんどありません。

実際、僕たちは付き合って22年が経過するのですが、フーちゃんがイライラして僕に八つ当たり、子供に八つ当たりするようなシーンを一度も見たことがありません。僕はついついイライラすると、フーちゃんのダメなところとかを突っ込んでしまいます。結局、自分がイライラしているだけなんです。それで人を変えようとしても無駄なんですが、ついついやってしまいます。寂しいだけなんです。それで何か関わろうとしている。でも関わり方でいつも間違いをしてしまいます。フーちゃんはそういうことが全くない。人は人、自分は自分と完全に分離ができているんでしょう。

フーちゃんはおばけが怖かった時もあるが、お父さんが死んでしまってからは怖くなくなったそうです。つまり、お父さんはおばけに近いわけです。お父さんの霊を見たことは一度もないが、あっちの世界はお父さんがいるし、あっちはあっちで大丈夫な世界なんだろうって思っているようです。お父さんの突然の死が全くトラウマになっていません。むしろ、お父さんに今も守られている意識があります。お父さんが今も生きているという感覚が家族全体に漂っているのに、死を受け入れていないわけでもありません。理性はしっかりと持ちつつ、それなのに、どこか温かくてポカポカしている。

孤独を悪いものだとそもそも思っていないわけです。「孤独はそのまま孤独です」ってフーちゃんは言います。フーちゃんはよく、それをそのまま事実として受け入れます。僕は孤独だから、自分はダメだ〜とかって無駄に落ち込んだりするのですが、フーちゃんは、「いやいや、孤独なら孤独でもいいじゃない。でも、私もいるしなあ、友達もいるし、孤独じゃないじゃん」「でも孤独感を感じるなら、それはそれで孤独感なんだから仕方ないよ。感じて苦しいなら、今日はゆっくり寝て休んでいたらいい」「でも孤独感を感じる自分がダメだ、とまで飛躍するのはちょっとやりすぎだよ〜」って感じです。

孤独感を感じている時、僕にどんなことが起きているかというと、つまり、人と比較しているわけです。あの人はあんなに友達がいるのに、僕は今一人で、何もしていなくて、家でじっと寝ているだけで、落ち込んでいるだけだ、というように。すると、フーちゃんはこう言います。

「その人のことは、恭平には何にもわからないんだよ。本当のことは何もわからない。だから、勝手に判断しないよ。自分にわからないことを勝手に判断すると疲れちゃうでしょ。あなたには友達がたくさんいるように見えるけど、その人にとっての親友と言える人がどれくらいいるのかとか、実態は何もわからないでしょ。そういう時は、私は、自分は孤独で、その人にはたくさん友達がいるとは思わないの。何もわからない、ってだけ思う。そして私には、友達が何人かいる、ってこともわかる。恭平もアオもゲンもいる（アオは中3の娘で、ゲンは小5の息子のことです）、その人たちのことが好きだし、彼らは話を聞いてくれるし、それで十分、だから大丈夫、って思うよ」

フーちゃんの生き方、物事の捉え方には、ついつい僕も何も言えなくなって、黙ってしまいます。

でも威圧的ではないんです。そっか、そう思えたら、むっちゃ楽じゃんってことをフーちゃんは僕に言ってくれます。そして、それをフーちゃんは自分にも言ってあげているはずです。もちろん、それは僕にはわからないんだけど、きっとそう言い聞かせて、自分が落ち込んだりする前に、さっと自分を立て直しているように見えます。


これもいつものフーちゃんの言い方で言うと、一人でいることが寂しいことだという認識がないんだそうです。

「じゃあ一人でいるってどういうことなの?」

「え……どういうことでもないかも(笑)。ただ、たまたまその時、私は一人でいるってだけだよ」

「寂しいからって、行きたくもない集まりに顔を出す、みたいなこととかないの?」

「それはないなあ。もちろん、久しぶりだし、めんどくさいけど、顔くらい出しとくかって感じの時はあるよ。でも行きたくないけど、寂しいから行く、ってことはないなあ。楽しくないじゃん、そんなことしても」

「行きたいか、行きたくないか、だけってことかあ」

「うん、そうそう」

「フーちゃんって、何もやりたくないけど、落ち着かないからそれをやって気が紛れる、ってこととかないもんね」

「気は紛れません！　一人でいる時は一人でできることをやる、だよ」

「そっか、俺は気が紛れると思っているのかもしれない」

「で、例えば、恭平は寂しいからって女の子とかに会ったりするじゃん？　それで気が紛れたりするの？」

「もちろん、その瞬間は紛れるけど、結局、また一人になると、より深くズドーン、って落ちる」

「ほら。気持ちは紛らわすことができないのよ」

「はい」

フーちゃんはいつもこんなです。あんまり喋るほうじゃないけど、いつも答え方は単刀直入で、はっきりとしてます。優柔不断の人なのに、答えはいつもスッキリと決まってます。

「お父さんが死んだ時は不幸だと感じなかったの？」

「お父さんが死んだ時は……、自分にとってお父さんって大切な重要な存在だったんだなって思った。悲しんだけど、不幸だとは思わなかったなあ」

「そっかあ」

「逆に幸せだなあっては思ったよ」

「えっ、どういうこと？　なんで？　お父さんが死んだのに？」

「もちろん悲しいんだよ。でもね、お父さんが亡くなったことは寂しいんだけど、そのおかげっていうと、変だけど、親戚とか、ずっと家族ぐるみで付き合ってた昔からの幼馴染とか、みんなが集まってきてくれたの。お父さんってこんなに大切にされてたんだなあって思って、それにみんなが私とお姉ちゃんのこれからの学費とかを心配してくれて、みんなで寄付してくれたりしたみたい。助けてくれる人が本当にたくさんいたんだよ。お父さんだけでなく、私たちのことまで大切にしてくれる人がこんなにいるって感じで、エネルギーを感じたのよね。で、そのこと自体は、私は幸せなことだなあって思ったの」

「泣ける……」

「恭平、人のことはわからないの。人の気持ちと自分の気持ちを比べることはできないよ。今だって私にもコンプレックスはあるんだよ。アトピーだし肌が荒れてて、人に見せたくない、とかもあるもん。でも人の気持ちは想像することしかできない。その人に入れ替わって感じることはできないから。私は私でしかないじゃん。これでしかないし。これでいいじゃん、って高校生の時にふと思ったの」

「フーちゃん、後悔とかもしないしねえ」

「後悔？　しないねえ。でもね、だから私って、いっつも決めるの遅いじゃん」

「遅い！　レストランのメニュー決めるのなんか、俺は一瞬だけど、フーちゃんはとんでもなく遅い！」

「でもね、それくらい考えてるの！」

「どういうこと？」

「だから、私は物事を決める時に、ものすごく迷って迷って迷って、ものすごく、さらに考えて選ぶってこと。ま、いっかこっちでも、って感じで決められないもん」

「なるほど。だから時間がかかるんだ。優柔不断な人だなあって思ってた」

「ま、優柔不断なんだけど。でもそれくらいしっかり考えて決めるよ」

「いや、それフーちゃん、優柔不断じゃないよ。ちゃんと長考してるってことじゃん。後悔しないために」

「そうだよ。あとのことを考えているわけじゃないんだけどね。ものすごく迷って決めてきたことの連続の今だから、後悔する余地がないんだと納得しているの」

「でも、後悔する人多いんだよなあ、いのっちの電話で聞いていても」

「だから、人それぞれだから、私はそうやって、決める時にむちゃくちゃ時間かけるから後悔しないけど、人のことはわからないから、みんながみんな、決める時に長く考えているわけじゃないってことかも。後悔している人は、その時の決めるまでの考えが足りなかった、軽く決めてしまったとかがあるから、後悔しているのかも」

「でも俺も鬱の時は後悔するよね？　でもフーちゃんは俺が後悔する時はそうやって、理解を示さないよね」

「だって……私は他の人のことは、わからないだけだよ。でも恭平のことはいつも見てるじゃん。恭平は考えて、ああなるこうなるって色々予測たてて、それでもこれをやろうって決めてるじゃん。それを知っているから、ちゃんと考えて決めてきたじゃん、って思って、後悔する余地なんかないよ、って声かけるんだよ」

「ああ……、そっか」

いつもフーちゃんは、予測で勝手に言葉にしない。フーちゃんは経験していること、見ていること、判断できることだけを考えて言葉にしている。フーちゃんの言葉にする方法も、後悔しないやり方と同じかもしれない。フーちゃんは以前した発言を忘れていることがほとんどない。今考えると、それも当然ですね。

「退屈ってどんな感じなの？　恭平も鬱の時、よくつまらない、退屈だって言ってるじゃん」

「うーんとね、そうなんだよね、鬱の時だけ感じるのが退屈とつまらないって感情。あれは創造的になりたいのになれないってことなんかなあ。フーちゃんってよく寝てるよね」

「寝たいから寝てるだけだもん。恭平はだらだら寝てると落ち込む（笑）」

「そうだよ、あ、今日も無為《むい》に過ごしてしまった、ってね、そうなる。フーちゃんはそうならないんだ？」

「ならない。寝たいから寝てるんだから、やりたいことがやれて嬉しい、ってなる」

「幸せな人だなあ。俺は人からどう見られているかってことを考えすぎなのかなあ」

「人からどう見られているかっていう言葉を聞くと、いつも図書館で自習する高校生の頃を思い出すのよね」

「え、何それ？」

「高校生の頃って、図書館で自習するのに憧《あこが》れてて、やってみたことがあるの」

「で、どうだったの？」

「なんか図書館で自習するって、なんか図書館って勉強に集中できる感じがするから、勉強している感が強いじゃん」

「なんかわかるよ」

「で、私もそれに憧れて、図書館で自習してみたんだけど、勉強に集中している自分というものを演出しなくちゃいけない、みたいな気分になって、全然勉強に手がつかなかった」

「変だねそれは(笑)。でもフーちゃんもそうやって人からどう見られるか気にしている時代があったのね」

「そうそう、でもすぐにわかった。人の目を気にしすぎると、何事にも手がつかなくなるって」

「で、どうしたの？　克服したの？」

「勉強は家でしかやらなくなった」

「克服はしないんだ」

「無理だと思って。私には向いてないと感じたことは、私には必要ないもん」

「俺だったら、図書館で勉強できるように練習しちゃいそう」

「私はそれじゃないな。私に合う方向はどっちか、と私はすぐ探して選んじゃう。だって、気持ちがおかしくなるもん」

「ふむふむ」

「違和感を持ったまま行動することが……」

「嫌い？」

「いや、嫌いとかじゃない」

「向いてない？」

「ま、向いてないのは向いてないけど、そうじゃなくて、しない」

「しない！」

「そう、違和感を持ったまま行動することは、しない、の」

「フーって結構、暇そうだよね？」

「え、そうなの？　私にとっては無茶苦茶忙しいんだけど！　洗濯も家の掃除も、みんなしないし。恭平は時々やってくれるけど、やっぱり毎日じゃないし。みんな細かいところに全然目がいかないから、でもやってくれてるだけでありがたいから、そこには何も文句はなくて、ありがとうって思うんだけど、でも、私は整頓しておくのが好きだし、いろんなところに目がいくから、あれもしなくちゃこれもしなくちゃって忙しいのよ」

「そっかあ、俺は、いつも暇そうだけど、大丈夫なのかなって、心配したりしてた。なんかフーちゃんって、ほんと、自分の自分に対する評価軸みたいなものが、ブレないよね」

「恭平は、自分のことをすごいと言ったり、ダメだと言ったり、忙しいもんね。私はそのへんの体幹がしっかりしてる（笑）」

「でも、変に自分を褒めるとかでもないしね。不思議な感じ。自分を褒めることもしないし、貶《けな》すこともちろんしない。自分を守ることの天才だと思うよ」

「あ、でも、そりゃ人から褒められたりしたら、嬉しいよ！」

「そっか、褒めることも忘れずにするね。話は変わるけど、僕たち二人で旅行とかに行くと、二人の反応が違うなといつも思うんだよね。例えばある町に行って、その町が退屈だとする。もしくは、レストランでご飯を食べたら美味しくなかった、つまり、つまらん味だったとする」

「恭平は、退屈な町に来てしまった、と落ち込むよね（笑）。美味しいレストランを選択できなかった、と落ち込む（笑）」

「そうなんだよね、別にフーちゃんはそれで嫌がるわけじゃないのに、自分の選択に対しての評価が厳しいから、笑ってられない。その時、いつもフーちゃんは、『ありゃー、この町は何にもないねー』とか、『これだけ美味しくないのもある意味すごいね〜』とか笑って言うよね。俺は、いつもうまくいってないと落ち着かないからすぐ凹んでね。でもその時、フーちゃんが笑ってくれるから助かるよ。でもいつも自分はそんなふうにはなれない」

「もちろん、二回目はないよ、でも、全て、体験するしかないじゃん！」

「そりゃそうだ。でもそれわかっているのに、俺は落ち込む」

「ま、恭平は落ち込んでもいいよ。私は違うから、私は笑うし、体験しないと面白いものにも出会えないから、体験することはやめないし、また変な町に行っても、笑うよ」

「俺はすぐ虚しいとか言うしなあ」


フーちゃんは虚しいということも感じたことがないそうです。僕の場合、なぜ虚しさを感じるかというと、これだけやったのに、結果がうまくいかず、嫌になる、という感じだと思います。これだけやったらこれくらいになるだろう、と想像しちゃって、そうならなかった時に虚しく感じちゃうわけです。見返りを求めているわけですね。しかし、フーちゃんはこれが全くありません。フーちゃんは現在、ジュエリーデザイナーとして自分でジュエリーを作って、お店に並べています。金曜日と土曜日だけですが、店番もやっているのですが、お客さんが一人も来なかった時も落ち込む様子はありません。「お客さんは来なかったけど、その代わり、制作に集中できた」とかなんか自分で無理やりフォロー入れてる感じでもなく、素直にそう言います。「誰も来なかったあ」って、ヒャヒャって笑ってます。プレッシャーみたいなものがないんですね。

「確かに、それじゃダメだと言う人が周りにいたら焦るよね」

とフーちゃんは言いました。僕の場合は、「フーちゃん、そんなんじゃダメだ!」とはもちろん少しも思わず、いつも感心しちゃうわけです。うまくいかなくても、それで落ち込むんじゃなくて、今、できることを、できるだけ丁寧にやってみる、という姿勢にはいつも学ぶものがあると感じてますので。

フーちゃんは過度の期待を抱きません。一方、僕は、とんでもなく高いハードルを設定したりしてしまいます。

事実だけを事実として受け入れる。無理がないよね、とフーちゃんに声をかけると、無理をするつもりが一切ないと返ってきます。手が届く範囲の最大限を行なうだけだ、と。一方、僕は手が届かないことだけを想像してしまいます。ま、もちろん、それによって、摑めるものもあるのですが、その分、虚しさも感じることがあるんでしょう。

「フーちゃんは人の文句を一切言わないじゃん。俺はフーちゃんにイライラしてしまうと突っ込んでしまうのに」

「あれ不思議だよね、いつも思うよ。恭平がよく言う言い方は、君が僕のことが好きなら、僕が作った作品に興味を持つべきだ、とか、僕のことが好きなら、僕が好きなTバックのパンティーを穿《は》くべきだ、とか（笑）」

「イライラしてる時、つい言っちゃうよね」

「なんか、恭平の中に、理想の彼女像みたいなのがあるんだろうね。理想のパートナー像ってのが。それと私が違いすぎるから、ついつい、あれをやるべきだ、とか言っちゃうのかなあって。私は自分に対しての理想像もなければ、もちろん人に対しての理想像も全くないからね」

「なんかないの？　文句」

「ま、もちろん、細かく見たら色々あるんだよ。恭平、家事もいつも手伝ってくれるからありがたいけど、そのやり方が私とはちょっと違うなあって思う時はよくある。でも、それは自分のルールから見たらおかしいだけであって、恭平はやってくれてるのに、それを言っちゃうと、私のルールを押し付けちゃうことになるじゃない」

「じゃあ我慢してるってこと？」

「いや、我慢してるとも違うかな。私が納得いかないことは、恭平がやってくれた後に、ありがとって言って、最後の仕上げを自分ですればいいだけ」

と、色々と僕が感じたフーちゃんの特徴について聞いてきましたが、よくわかったのは、質問について「よくわからない」みたいなことがなかったってことです。フーちゃんはどうやら、それを自覚してやっている。言葉にすることができている。普段は一切、言葉にはしていないけど、どうやら、その都度、自分なりに言葉にするって行動を、普段からやっている可能性があります。そして、このフーちゃんの言葉にするという行為に僕は助けられてきたんだということもわかってきました。なぜなら、僕が今、鬱を克服しつつ、というか、新しい付き合い方を見つけつつあり、それによって、僕は自分なりの健康を見出しつつあるのです。

どうやってそれを実現したかというと、その都度、その都度、何かが起きた時に、この時はどうやって考えるかってことを、本に助けてもらうわけでも、精神科医に助けてもらうわけでもなく、自分なりの言葉にすることで、自分の苦しみとの向き合い方が変化していったんですね。変化のきっかけになったのは、僕が苦しい時にいつも繰り返す嘆きに対してのフーちゃんのリアクションです。その言葉によって、僕ははっとしたり、新しいアイデアを思いついたりしてきました。今では鬱になっても、鬱自体を悪いものだと思っていないんですね。これはフーちゃんの語法によるものなのかもしれません。孤独を孤独だと感じ、孤独を悪いものだとか良いものにしなくちゃだとかは考えない、みたいな。

そこで、今度はフーちゃんに、僕の躁鬱病について、話を聞いてみたいと思います。もちろん克服したのは僕自身ですが、それにはフーちゃんの言葉という蜘蛛《くも》の糸のような助けがあったからです。それによって病気という価値観までも変化し、今では僕の仕事の中枢を駆動している力そのものだと、家族では我が家全体で感じているところがあります。その命の恩人でもあるフーちゃんに、僕の躁鬱病について、さらには精神病を抱える家族と一緒に暮らし生きていくことについて、などを聞いてみましょう。

しかし、それにしても言葉の体幹がしっかりしているフーちゃんは一体、なんでそんなに体幹がしっかりしているのか。話を聞けば聞くほど、僕がどんどんその謎に取り込まれていき、わけがわからなくなってしまいます。しかし、フーちゃんはやはり一切の迷いがなく、言葉にしていくのです。あのメニューも決められないフーちゃんが、とは今では思えません。あれだけ遅かった決断の理由が今回の話でわかったのですから。

第三回

# 不安ゼロの人

さて今回は、フーちゃんが躁鬱病の僕とどのように過ごしてきたのかってことを聞いていこうと思っているのですが、まずは僕が躁鬱病と付き合っていく上でフーちゃんにどのように助けられてきたのかってことを、僕の視点から書いてみたいと思います。フーちゃんにじっくり話を聞きたいところなんですが、フーちゃんは昨年から、生まれて初めて自分のお店を持ち、週末だけは家から離れて、店番をしてジュエリーを売っています。今日は金曜日なんですが、金曜日と土曜日は店番をしているので、なかなか話が聞けないんです。でも、僕は、どんどん書きたい。フーちゃんへのインタビューは少しだけにして、僕が感じているフーちゃんを書いていくことにしましょう。今回のインタビューを通じて、僕自身も初めて気づくことが多く、そのこと自体も記録しておかなきゃ、とも思うからです。

昨日の文章もフーちゃんは全部読んでくれたみたいなんですが、今日の朝、「文章面白かった!」という感想をもらいました。とにかくフーちゃんは、細かく僕に言葉で伝えるみたいなことはほとんどしません。フーちゃんは僕自身を分析するとか、評価するとか、そういうことを一切しないんですね。へえ、とか、そうなんだー、とかしか言いません。私はこう思うよ、みたいに持論を僕にぶつけるような感じがないんです。というわけで、議論になったりすることがありません。喋るのはいつも僕で、その感想を適当にする、もしくはただ相槌《あいづち》を打つだけです。

僕は10代の時から精神の波が激しく、かなり目に見えてきつくなってきたのは19歳の時、つまり、大学進学とともに熊本から東京に出て、一人暮らしをはじめてからのことです。とは言っても、今のように躁と鬱がはっきりと分かれているわけではありませんでした。鬱だからと、誰とも会わずに、ずっと部屋で引きこもっているというわけでもありませんでした。そもそも躁鬱病という言葉を知りませんでした。でも何かおかしいな、とはずっと思ってました。なんでもやれると思っている時はいいんですが、反対に、不安で完全に体が固まる、みたいな状態になると、外を眺めていても全て灰色に見えるし、忘れっぽくなるし、手元もおぼつかないし、人とも話せないし、作り笑いをするしかなく、一人になりたいけど、一人になると不安すぎて怖くなる、みたいな状態がしばらく続きます。

しかも、こんな状態を人に相談してはいけないと思い込んでいて、でも、一人でどうすることもできずにいました。本屋さんで、「不安を感じる人へ」みたいな自己啓発本を見つけると、ついつい手に取って読んでしまいます。のちに気づくことなんですが、鬱の時はそんな本を読んでも、全て自分に当てはまると思ってしまうんですね。ですから、どんどん悪い方向へと考えてしまいます。しかも、そういう本に具体的な解決法みたいなものは一切書かれていないんです。だから、もうダメだーってなる。

でも部屋で寝込んでいた記憶はありません。1週間くらいしたら、また躁状態になって、何か閃《ひらめ》いて、取り掛かっていたんだと思います。10代から20代前半は、僕は何をしたらいいのかが全くわからず、でも何かはしたい、したいけど、それが何かはわからない、という状態でした。最初は、ヒッチハイクとか旅とか弾き語りをしながら全国一周とか、そんなふうにして躁状態のエネルギーや体力を消費させることばかりやってました。しかし、どうもこれだけじゃ物足りない。よく考えたら、小さい頃から、僕は文章を書いたり、絵を描いたりして、本を作ってきた。だから、本を書いたらいいんじゃないか、と大学卒業近くになって思うようになってました。でもやり方もわからないし、そもそも僕は何かを作ることは少しだけ得意かもしれないとは思っていたんですが、本は全く読めなかったんです。そんな人間が本を書きたいのかあ、変だなあ、できるのかなあ、と思いました。でも卒業論文を、本の執筆だと思って、生まれて初めて取り組んでみたんですが、それは素晴らしい出来だったんです。審査でも、大学で一番良い成績をつけてもらったんです。

もしかしたらいけるのかもしれない。でもどうやって？　そんな感じで、僕は在学中に作り上げた一冊の自家製本を持って、もちろんエントリーシートも書かず、スーツも持たず、就職活動など少しもせずに卒業しました。夢はあるっちゃあるけど、それをどう叶えたらいいのかはわからない。でも、一冊の本は書いてあって、その本自体は持っているだけで、元気になる。フーちゃんと出会った頃の僕はそんな感じでした。ま、どこの馬の骨かわからない人間でした。

それでフーちゃんと出会い、僕は最初に書いたように、生まれて初めて鬱状態の自分をフーちゃんに見せたんですね。他人に伝えたこと自体が初めてでした。しかも、当時はこれが鬱だとかも知らなかったんです。ただ「不安」だと思ってました。

「付き合ったばかりの頃、高円寺に住んでたじゃん、あの四畳半の狭い家。時々、恭平、家で泣いてた」

僕はもう忘れてしまっていたんですが、フーちゃんは覚えてました。泣いて、なんだか知らないけど、不安で苦しいと言っていたそうです。当時は、その不安を両親のせいだと言っていたそうです。「自分が買った洋服のことを、母親に笑われていた。それが今でも辛くて、悔しくて、怒りを感じる」と僕はフーちゃんに言っていたそうです。ここで興味深いのは、フーちゃんは僕の言葉をそのまま鵜呑みにしないんですね。もちろん、苦しいこと自体は理解してくれるんです。そう感じたんなら、そりゃきついよ、と。でも同時に、それは親が悪いよ、みたいな感じに言わないんですね。きっと、お母さんも悪気があって言ったわけじゃなくて、少しからかうつもりだったんだろうけど、言い方がきつかったのかもね、みたいな感じで。僕としてはもっと理解してほしい、みたいな気持ちがないわけでもないんです。母親を悪者にして、僕をもっと守ってよ、みたいな感じに。でもフーちゃんは絶対にそう言わないんですね。フーちゃんは当時から、今もですが、僕の両親ともむちゃくちゃ仲が良いんです。それとこれとはしっかり別になってる。僕のことも否定しないんですが、僕の母親のことも否定しないわけです。僕の意見や気持ちは尊重してくれます。しかし、フーちゃんはそのあとこう言うんです。

「それと私が恭平の両親をどう見るのかはまた別の話なんだよ」

もしも、フーちゃんが親との関係で不安を感じていたりしたら、僕の話に共感して、それに自分の不安も合体して、僕が正しい、親が間違っているんだ、みたいになっていたのかもしれません。しかし、フーちゃんは全く違うんです。フーちゃんは僕の不安に共感したことが一度もありません。

それはなぜかというと、フーちゃんが不安というものを感じないからです。

そのことが、僕はずっと理解することができませんでした。不安を感じないってあり得ない、と思っていたんです。

誰だって感じるのが不安じゃないですか。不安のない人生なんか存在しないじゃないですか。なんなら不安があるからこそ、人間はそれに打ち勝つための努力をしたりするのではないか。凝り固まった僕の考えはそんな感じでした。フーちゃんに「不安じゃないの？」と何度聞いたことか。それは僕たちが一緒に暮らしはじめてからもずっと、僕は聞いてきました。そのたびにフーちゃんは「う……、感じてないかも？」と惚《ほう》けたようにつぶやき、しばらく黙ったあと、突然笑い出すんです。それを見てたら、僕も自分が深刻になっているのが馬鹿らしくなって、一緒に笑ってしまいます。

「あのね、恭平も、そりゃ今は鬱っぽいから不安をずっと感じているように思い込んでいるけど、そんなことないよ、普段は結構元気だから。私から見たら、そんなことできる？　みたいなことにも果敢に挑戦してるもん。だから、不安を感じている時もあるけど、感じてなくて超楽しいって思っている時もあるんだと思うよ」

フーちゃんはすかさず、そう僕に言うんです。そっか、今は落ち込んでるからこれまでの人生で感じた不安も全部思い出しちゃって、今までずっと不安だったと言ってしまうのか。

「そうだよー。恭平、大袈裟だもん。そうじゃない時もたくさんあったのに、今の視点から見てばっかりで、あの時も元気そうに見えたかもしれないけど、実は腹の底では不安だったと全部言うんだもん。私は疑うことを知らないから、恭平がそう言うなら、そうかもしれない、ってついつい言っちゃうけど、でもやっぱり不安を感じてない時もあると思うよ。元気な時に質問すると、あ、あれね、あれは不安な時の僕が言う口癖だよ、って笑いながら言ってるよ。でも鬱になった時の恭平は冗談が通じないっていうか、もちろん真剣に悩んでるから、そんな時に私が、前もそれ言ってたよ、とか冗談っぽく言っても、嫌な気持ちになるじゃん。だから黙ってるだけ」

そんなふうに伝えてくれるフーの言葉を聞きながら、僕は自分が感じていることだけが、自分が感じていることじゃないってことに気づくようになりました。僕は常に今のこの瞬間の精神状態で、これまでの全ての人生で感じてきた感情を一度、即座に判断してしまうようです。今がダメなら全部ダメだったと言ってしまいがちです。しかし、実際はそうではないんです。僕は不安の分量で、すぐに自分の人生の善し悪しをその瞬間の価値観だけで決めつけてしまいます。

しかし、フーちゃんはそうではありません。理由は簡単です。フーちゃんは不安ではないからです。でも僕には、不安を感じたことがない、ということの意味が全くわかっていませんでした。そこで「不安を感じないなんていいなあ、むっちゃいいなあ、俺もフーちゃんみたいに不安を感じなかったら、もっともっと仕事が上手くいっているはずなのになあ」と言うと、

「不安を感じない代わりかどうかはわからないけど、私は恭平みたいに、あ〰〰、今、むっちゃ幸せ!!! みたいなことも感じないんだけどねえ……」

フーちゃんはさらにこう言うんです。まるで僕が酔っ払いで、フーちゃんはシラフの人みたいです。僕は感情や不安でいつも酔っ払っているんだなあって、フーちゃんと話すといつも恥ずかしくなります。で、今度はそのことで落ち込むんです。めんどくさいでしょ、僕は。すると、すかさずフーちゃんが肩を叩くんです。

「でもいいじゃない〜。それでいい絵や文章が生まれるんだから。それは恭平にしかできないことだよ〜」と。

その辺で僕はまた、感情や不安の分量が僕の中での中間地点くらいに戻り、さっと仕事場に戻って、仕事を始めることになるんです。

不安が完全にゼロな人、フーちゃん。なんだか納得がいかない僕は、とにかくフーちゃんの中のどこかに不安が潜《ひそ》んでいないか、ついつい探してしまいます。


「フーちゃん今、不安？」

「うーん……いや、全く不安じゃないかも。ちょっと眠いかも」

「フーちゃんって眠れない日とかないの？」

「私、アトピーだからね。痒《かゆ》い時は眠れないけど、あとはないかな」

「これから先、いい作品が作っていけるかどうかとか不安にならないの？」

「私のこと？　私はジュエリーを作るのが好きで楽しいからね。売れないかもしれないけど、作るのが楽しいから続けると思うな。売れないといっても、私のジュエリーを好きでいてくれる人が少ないかもしれないけど、少しはいるって知っているし、仲が良い友人たちも応援してくれてるし。そういうのを見ると、頑張ろうって思うよ」

「う〰〰ん。納得がいかない。俺は不安だよ、自分がこれからもいい作品が作れるかどうかって」


「恭平は絶対大丈夫だよ。だって私、ずっと横で見てきてるもん。恭平って、もちろん鬱になって落ち込む時はあるけど、どんなに苦しい時だって、いつも必ずその後に新しい作品が生まれているから。恭平が見失っても大丈夫だよ。私がずっと見てきたし、私は本当にずっと定点観測しているから。必ずいつも新しい作品が生まれてるでしょ？きつい年は何度もあったけど、作品が一つも生まれなかった年って何回ある？」

「え？　えっと……、あ、一回もない」

「でしょ。だから絶対大丈夫なの。今は、調子が悪いから、全部悪い方向を見てるだけだから。でも悪いほうを考えないことも難しいんだろうから、それしか考えられないならそれはそれで仕方ないよ。でもそれと事実は違うから。事実は私が客観的に見てるから、そっちは任せて。絶対、もう二度と作品なんか作れないって落ち込んでいる時でも、いつも必ず新しい作品を生み出してきたのが恭平だよ。それって私なんかよりもすごいことだと思うんだけどなあ。わかってないなあ。でも今は、わかることができないんだから、わかることができないことに悩まなくてもいいよ。でも悩むことが仕事なのが今だから、悩んだとしてもいい。だからなんでもいいのよ」

「う〰〰ん。悔しい。俺は不安ばかり感じているのに、なんでフーは感じないんだ……」

「そうかな？　私から見たら、恭平もほとんどの時間は不安なんか感じてないと思うよ。鬱の時は、『実は躁状態の時も不安ではあるけど、躁状態のエネルギーでそれを全て吹っ飛ばしているだけだから、本当は心の奥の奥の奥のほうに不安がある』って言ってるけど、私はそうじゃないと思ってる。だって、恭平、ちょっとでも不安感じたら、すぐ言うじゃん。不安だ、って。だから、言ってない時は不安を感じてないんだよ。そもそも人間って、そんなに不安を感じるものなのかなあ」

「人間には不安がつきものである、というのが初期設定のはずなのに、フーちゃんからは不安を感じられない。どこかに隠しているはず」

「隠してるように見えるの？」

「え……、いや、全くそう感じない……。本当に不安を感じてないように見えてる」

「それそれ、そのまま受け取ってよ。そもそも何が不安なの？」

「お金とか、不安じゃないの？」

「お金って？　恭平、こんなに頑張ってるのに？」

「でも何度も、お金がなくなりそうな時あったじゃん」

「そっかな」

「なんでわかってないんだよお。あったじゃん、２００９年とか、アオが1歳で、貯金残高が10万円切った時」

「あ、あの時はねえ、でも恭平、すぐ引っ越しのサカイでバイトしてくれたじゃん。私も市役所のバイトを申し込んだけど、落ちちゃって(笑)」

「なんで落ちて笑えるんだよ、お金がなくなるかもしれないって時に」

「でもその後すぐ、恭平の高校の同級生で親友のハザマが、１００万円くれたじゃん」

「俺の絵と文章と引き換えに、ね」

「その後も、もう一回あったよね？」

「50万円もらった時もあった。絵と引き換えに」

「ハザマに感謝しなきゃ！」

「確かに」

「ほら、なんとかなってきたじゃん」


「でも、他にも何度かお金がなくなりそうな時があったはずだけど、あれどうやって切り抜けたんだっけ？」

「他の時は、多分、お母さんがお金くれた」

「えっ？」

「そうだよ、お母さんとお父さんが、私が成長した時のためにってずっと貯金してくれてて、それが、金額を聞いてないけどそれなりにあるらしくて、50万円くらいを何度か入れてもらったことあるよ。もちろん、貯まったら返すんだけど、それでも返せていないお金が結構ある。でもそれ、私のために貯めててくれてたお金だからいいんだって」

「おばちゃん……（泣）」

「ま、恭平、なんとかなるって。恭平は毎日、作品作っているんだし、私のためにお母さんが貯めてくれている、お父さんが遺してくれたお金もまだもう少しあるし。なんにせよ、恭平の両親も私の親も元気だし、どっちも持ち家だし、お金が本当にゼロになったら、どっちかの家に住まわせてもらおうよ。ほら、だから、変に不安を感じずに、あなたは好きに仕事をしなさい。どんな精神状態になっても新しい作品作るんだし、お金がなくなっても住む家はあるんだし、私が思うには、あとはなんの不安があるの？　不安感じなくてよくない？」

フーちゃんは助けてくれる親しい仲間、家族がいるから、なんの不安もないってことなんだそうだ。そして、不思議とフーちゃんの視点から考えると、いつも、なんで僕はこんなに無駄に不安を感じているのか、意味がわからなくなってくる。確かに、やっていきたい仕事はわかっているし、もちろん、鬱の時は何もできなくなるけど、それでも確かにフーちゃんの言う通り、どんな苦しい状態だろうと、迷子になったことはなく、どんな苦しくてもその苦しい時なりに作ることがあるし、そうやって新作が生まれて僕を助けてきた。売れようが売れまいが作品が生まれたら、あとでいつも僕を助けてくれるし、それが最終的にはお金になって、僕たちが生きていく糧《かて》になってきた。お金がなくなった時は何度かあったが、別に借金しているわけでもないし。

「だって、私も恭平も、別に何か高い金額の欲しいものがあるわけでもないし、贅沢するのも別に興味ないし。白米と卵焼きと味噌汁食べてたら、家族全員で美味《うま》い！　って喜んでるし、別に、それが一日一食になってもそれはそれで仕方ないし、なんとかなるんじゃ？」

フーちゃんはこんな調子なのである。だから、なんでもいいんだって。

「そんなことはあり得ないと思うけど、もしも恭平が働けなくなるくらい鬱になったとしても、その時は私が働けばいいいし、もう子供たちも大きいから自分で自分のことはできるし、恭平はずっと寝ててもいいよ。生きてたらなんでもいい。私だって、今や自分でお店持っているし、そこまで売れてないと言っても、それでもバイトするよりも全然稼げてるし、きっとどうにかなるよ」

「だから、生活の不安とかないでしょ？　あとは何を不安がるの？　そもそも、恭平って別に不安な人だという認識なんか、私、ないよ。あなたは生きることを楽しんでいるように見えるけど。そうじゃないのは鬱の時だけ。しかも鬱の時だって、一年も続いたことないでしょ。最近なんか5日間くらいで。それくらい休みなよ。死んだら仕方がないよ。もちろん恭平が死んでも、なんとかやっていくよ。きっと大丈夫。私には助けてくれる人がいるもん。恭平だって、毎日いのっちの電話でみんな助けてるし、何かがあればみんな助けてくれるかもよ。そういうふうに考えてみたらどう？　なんでも一人でやろうとすると大変だけど、みんな助けてくれるから、困ったら『困ったから助けて』って伝えたらいいだけだよ。私、そういうことを恥ずかしいとか思わないから」

「フーちゃんって、恥ずかしいって感覚もないよね」

「うん。恥ずかしくない。人からどう見られるとか思ってないし、そもそも人ってそんなに人のことを悪く思うものだと思っていないかも」

「そっかあ、俺が鬱の時、人からどう見られるかむっちゃ気にするのは、つまり、人から文句を言われたり、馬鹿にされたりすることを恐れているってことかあ」

「あのね、人ってそんなに悪い人ばかりじゃないよ。もちろん、全然知らない人までいれたら、そういう人がいないとは言えないよ。事件も起きてるし。でも、恭平や私の周りにそんな人いる？　恭平は、調子が悪い人が苦しそうに外を歩いていたら、あいつ鬱だ、って笑ったりするの？」

「するわけないよ」

「それと同じことだよ。恭平を悪く言う人は一人もいないと思うよ。逆でしょ。大丈夫？　ってみんな心配してくれてると思うよ。でも声がかかってこないのは、今は調子が悪そうだから、って心配して、声をかけないだけで、恭平が誰かに電話して、助けてって伝えたら、きっとみんなすぐ家に来てくれて、助けてくれると思うよ。それをしたくないのなら、しなくてもいいいんだけど」

「俺はフーちゃんみたいに世界を見たいよ」

「うん、いつもはできてるよ。元気な時は。私と同じように、世界に対して開いているよ。開きすぎって時もあるけど」

「なんで、フーちゃんはそんなにバランスが良いんだよ。俺はいっつも偏ってる」

「あははは、そこが恭平のいいところなんだと思うよ」

「ムキー」

とまあ、こんな対話が延々と続くのであるが、どこを探しても、フーちゃんの中には不安が一つも見つからないし、不安ではない理由もいつもしっかりしているし、全部納得できちゃうのである。同時に、なんで、僕はそんなに不安がるのか、と不安になってくる。

「悩むのは、好きだよね、恭平は。それはそれでなんか意味があるんだと思うよ」

不安がる僕を否定もしないんです。でももうここまで話すと、すでに僕の不安は蝶々みたいにどこかに飛んでいってしまってるんです。

この対話は最近の対話なんですが、この感じをもうずっと、出会った頃から続けているんです。フーちゃんは本当に、出会った頃から何も変わってません。その頃、僕は23歳でフーちゃんは24歳。若かったはずですから、悩みの一つくらいありそうですが、それが全く見当たりませんでした。24歳の時からこの調子でした。

フーちゃんは、自分がこうなりたい、という姿がありません。だからといって、自分のことを何もできない人だと思っている様子も微塵《みじん》もありません。当時は、ジュエリーの専門学校を卒業し、代官山のジュエリーショップで働きはじめた頃です。なんというか、大きな、自分がこうなるべきみたいな姿がない代わりに、フーちゃんはいつも等身大の自分がいて、どんなことでも、いつはじめたとしても遅くないから、ゆっくり着実にやっていこう、みたいな精神がありました。大学を卒業し、就職もせずに、ジュエリーを作りたいと思ったからジュエリーの専門学校に入って、そこがむちゃくちゃ楽しかったらしいです。作ることが楽しいんだと自分でわかって、嬉しくなって学校に行ってた、と。楽しいから技術もどんどん覚えていくわけです。

フーちゃんは気が遠くなったりしません。大学を卒業した後だから、もう遅いとかもありません。みんなは就職しているのに、自分だけ遅れている、みたいな思考回路もありません。まわりはもちろん仲が良く、みんなフーちゃんを応援します。自分の中に恥ずかしさがありませんから、自分のみっともない姿を見られているみたいな感じが少しもありません。僕だったら、自分は当時、日雇いのバイトを嫌々やっていたので、そんな姿をフーちゃんに見せたくないとか思っていたのですが、フーちゃんはそのような、ズレがほとんどないんです。そこは出会ってからずっと一貫してました。

ジュエリーを作ることで、これからどうやっていくかみたいなことで、フーちゃんは悩んでいる様子が全くありません。僕は、昔はそれを突っ込んだりしてました。もっと将来の夢を描かないと、実現しないぞ、みたいな感じで。でも、フーちゃんはいつもとぼけて、あ、そっか、どんな感じになりたいのかなあ、わかんないなあ、みたいに言うんです。でも手先は本当に器用で、何よりも、丁寧なんです。本当に丁寧に、小さなジュエリーを作る。一つも雑なところがないんです。

不安を感じている僕は、細部は結構雑です。大きな夢はあるけど、生活が丁寧だったかというと全くそうではなく、なんというか、大きなものを見るばっかりに、足が地についていないわけです。フーちゃんにはそのような、自分の感覚からズレてまで妄想することが全くありませんでした。自分ができることだけを最大限やっていく。ほんと、そのシンプルな生活を実践してました。だから一度も落胆しないんです。何よりも、自分が楽しいと思えることを知っている。自分の特徴をよく知っている。得意なこと、好きなことをよく知っている。それを自分だけでなく、家族も知っている、仲間も知っている。フーちゃんはそういう人との関係を、小さい頃からずっと続けているような感覚がありました。
僕はその都度、その都度、成長のたびに付き合う人も変われば、感覚も変わっていたのですが、フーちゃんはそこが一つの道になって続いているような、しかもその道は安心感があり、危険な空気が微塵もなく、だからといって甘やかされているという感じも全くないんです。だって、僕は一人でいることが当時怖かったのに、フーちゃんにはそのような恐怖心が全くなかったのですから。フーちゃんは、出会った時にはすでに一人でいることの天才でした。

書けば書くほど、なんでそんなふうに成長できたのか不思議に思う一方、こうも僕は思うのです。

それはとても自然な成長なのではないか。別におかしなことでも、特別なことでもなく、フーちゃんはとても素直に、まっすぐ正直に成長してきただけのような気もする。そして同時に、僕はなんで自分はそのように素直に育つことができなかったのか、って憧れのようなものを抱いてしまいます。そして、ついつい僕はよく、フーちゃんみたいになりたい、と言っちゃってました。すると、いつもフーちゃんはガハハと笑いながらこう言うんです。

「恭平が私にもしもなったら、絶対になれないんだけどね、でももしも私になったなら、きっとむちゃくちゃ退屈して、びっくりすると思うよ。だから、恭平は恭平のままでいいの」

退屈する、と聞いて、少しほっとしたのを覚えてます。あ、いいんだ、僕は僕で、と。その辺の細かいところの言葉の選び方がフーちゃんは徹底して優しいんです。少し、僕が喜ぶように言ってくれるわけですね。しかも、それがおそらく意識的ではない。

フーちゃんには人を馬鹿にするような精神が、本当に一ミリも潜んでいません。そして、僕はそのような人と出会ったことがほとんどなかったんです。しかし、僕はフーちゃんと出会ったあとにはそのような人と出会うことになるんです。フーちゃんのお母さんだってそうで、お姉ちゃんもそうでした。親戚のおばちゃん、おじちゃんたちとも仲良くなるのですが、彼らにもそのような感覚がありませんでした。あとは、血は繋がっていない、フーちゃんの幼馴染、フーちゃんのお父さんの会社の同僚の家族とも僕は仲良くなるのですが、彼らにもまた、そのような感覚がありませんでした。なんかみんなまっすぐ素直で、そして、そんなフーちゃんの家族や親戚や幼馴染たちの人が、僕に対してまっすぐ素直に触れてくれて、しかも、僕のことをまっすぐ素直な人だねって、思ってくれたように僕は感じました。なんかどこにもその裏を疑う、みたいな感じがないっていうか、なんですかね、これは。なかなかうまく言葉にすることができないんですが、僕は嬉しかったんです。僕は心が楽になって、僕は自分自身のことを素直な人間なのかもしれないって思えて、それが嬉しかったんです。

僕はどこか家族というものに対して、否定的な感覚がありました。僕が何かやろうとすると、いつも文句を言われているような。だから自分の親にも反発してました。でもフーちゃんと出会ってから、僕は自分の家族に対する視線も少しずつ変化していったんだと思います。もちろん、僕はフーちゃんにはなれません。なる必要もない、とフーちゃんは言います。僕はもちろん、一人の他人として、フーちゃんに接するしかありません。そりゃ当然です。でも、僕はフーちゃんと出会うことで、フーちゃんが生まれてからずっと感じてきたであろう優しさや安心のようなものを、自分は感じてこなかったと僕が勝手に思っていたようなことを、本当は僕にもそれがあったんだ、ともう一度感じることができるようになったような気がします。それだけじゃなくて、僕なりに自分が安心できる、不安なんか何一つもないんだ、って状態を、過去に求めるのではなく、自分なりに作ることもできるんだよ、とフーちゃんに無言のまま教えられたような気がします。

フーちゃんは、私に任せて、私が手伝う、なんてことは言わないんです。やるのは自分でしょ、と。でも一緒にいるんだから、時々は助け合いながらやればいいし、困ったら助け合おう、と。でもやるのは自分だよ、と。フーちゃんはいつも無言のまま伝えてきます。でも、できるよ、それが、という強い確信が、フーちゃんが育ってきた時間、一緒に育ってきた人たちとの関係からぐわーっと僕のところに、具体的な塊として、それはもちろん言葉にはできないし、触ることはできないのですが、それが安心の塊として、見ることはできてました。

僕はそれこそが、幸福、なのかもしれないと、23歳の時に思ったわけです。もちろん手に入れてはいませんが、手本はありました。フーちゃんが僕の生きる手本になったんです。彼女は何かに秀でているとかでもなく、金持ちのお嬢様というわけでもなく、とびきりの美女でもなく、ナイスボディだったわけでもありません。フーちゃんは、素直に嘘をつかずに、優しい周りの人たちに囲まれて生きる、幸福な人でした。

第四回

# 思ってもないようなことを口にしない方法

「今のところの文章はどんな感じかな？　俺躁鬱だしね、嘘もほんとも同じように書いちゃうから、確認しとこことと思って」

フーちゃんに一応、今日も聞いてみました。

「あのね、概《おおむ》ね、間違ってはないよ。へえ、恭平はそんなふうに感じてるんだとびっくりするところはあったけど、私が言ったこととか私のことに関しては何も間違ってはない。ちょっと大袈裟なところとか、そんな言い方は私はしないけどなあ、ってところはちょこちょこあったけどね」

「じゃ、今のところオッケーってことにしよう。ま、僕としてはいつも嘘を書いているつもりはないんだけどね。確かに、大袈裟には書くかもしれないけど、それは大袈裟というか、僕にとってはそういうふうに本当に受け取ってるんだけどね」

「うん、でも、恭平がそんなふうに思ってるんだと思って、感動したんだよ」

「あ、そっかそっか。ちゃんとフーちゃんが言ってることも正確に書いているつもりだけど」

「そうね、大体は合ってる。私はとにかく恭平に何かを伝える時、かなり慎重だから」

「どういう意味？」

「思ってもないようなことが絶対に伝わらないようにって、かなり気をつけてるかも」

「なんで？」

「恭平がかなり繊細だから。言われたことの受け取り方が、ね」

「そうなのかな」

「お母さんにこういうこと言われたとか、昔のむちゃくちゃ細かいこととか、鬱の時、ずっと言ってるよ」

「確かにそれはそっか」

「だから、慎重にしてるの。とは言っても、私は元々、思ってもないことを感情的に口にするとかは絶対しないけどね」

「そうよね、フーちゃんは本当に思っていないことは絶対に言わない」

「恭平は言うけどね。恭平はイライフした時とか、もう帰って、って言うから、そんなに言うなら、と私が本当に家に帰ろうとしたら、突然、本当に帰るやつがどこにいるって怒ったのはびっくりしたなあ」

「確かに、俺は思ってもないことをついつい口にしちゃう。フーちゃんそういうこと全くしないよね」

「しないよ」


僕は感情が揺れてしまうと、寂しさとかイライラが合体して、帰ってほしくないのに、帰ってとか言ってしまいます。一方、フーちゃんは一度もそういうことを言ったことがありません。きっと、フーちゃんはどんなに鬱が苦しくなっても死にたいとは言わないと思います。というか、フーちゃんは鬱になることはないでしょう。アトピーがひどくなると、むちゃくちゃ体が痒そうで、それで丸一日どよーんとしてそうな日はこれまでにも何度かあります。とは言っても、一日寝込むなんてことはありません。ご飯を作ったりとか、体を動かさなくちゃいけない時はちゃんと体を動かします。その代わり、少しでも時間ができると、寝ている。朝起きるのも苦手で、起きなくていいということがわかっていれば、いつまでもゆっくり寝てます。でもそれでイライラして、こちらに伝染してしまうとか、イライラして八つ当たりするってことは本当に一度もありません。これまで20年くらいずっと一緒にいて、本当に毎日、大体一緒にいるのですが、本当に一度も感情的になったところを見たことがありません。逆におかしいんじゃないかってくらいです。

鬱の時って思ってもないことを口にするオンパレードなんです。

僕の場合だと、まず鬱になると、自分なんかダメな人間だってことをとにかくひたすら口にしまくるんです。これもたった一人で暮らしていると、しゃべりませんから、言えないわけです。何にも言えない。僕も鬱の時は家族から離れて、どうにか一人になろうとします。一人になって何をしているかというと、ま、何もできないので横になるんですが、寝ることもできないわけです。でも横になっても、自分を否定する感覚みたいなものが止まらないんですね。口にはできません。一人ですから。独りごとは言いません。

僕は作家ですから、何かを書こうと思うのですが、鬱の時に書いたものは、それはそれはひどいものです。ずっと最初から最後まで自分の否定をしているんです。そんなこと書かなくてもいいのに、と思うのですが、どんどん書けちゃいます。でも本当は一人でいたくないいんですね。一人でいたいわけではないんです。

うちは四人家族なんです。中3の娘のアオと小5の息子のゲンと僕とフーちゃんの四人なんですが、子供たちが学校に行っている時は、僕は一人になろうとはしません。フーちゃんとだけなら、一緒にいれるんです。というか、本当は鬱の時はずっとフーちゃんと二人でいたいんです。子供たちとは顔を合わせることができなくなってしまいます。自分を否定ばかりしている姿を見せたくないいんだと思います。恥ずかしいんですね。子供たちの前で、泣いてぐちゃぐちゃになれませんから。それなら一人のほうがましだということで、一人になるだけなんです。

本当は、ずっとフーちゃんに自分がいかにダメな人間なのかを聞いてほしいんですね。今、自分が感じていることを本当は全部口にして言葉にして、フーちゃんに伝えたいみたいなんです。めんどくさい人ですよね、本当に僕もそう思います。でもそれが鬱状態です。でも子供たちがいて良かったと思います。だって、子供たちのおかげで、僕がずっとフーちゃんにあーだこーだ自分のダメダメの話をしないで済んでますから。

自分のことを否定するんですけど、多分、自分のことを本当に否定したいとは思っていないんです。自分のことを完全に否定している人が、他人に、自分がいかに自分のことをダメだと思っているのか話しますか？　話さないんですよね。自分のことがダメ人間だとわかっている人は、その自覚がある人は、ただ黙っているはずです。でも僕は、それをなんとか口にするんです。しかも、子供には話せないわけです。一番の理解者で、むっちゃ優しくて、僕を否定するわけがないフーちゃんにだけ口にするんです。つまり、そんなことないよ、と言ってもらいたいだけです。多分ですけど。ちなみに今は鬱じゃないです。

僕は、鬱の時と普通の時と躁の時はそれぞれ人格が分裂しています。分裂していると言いますが、元々三、四人人格がいて、それぞれの人格がメインになる時期が違う、という感じです。だから実際は、四人くらいが常に混ざっている。混ざる分量はそれぞれの時期で違うが、完全に分かれているのではなく、同居していて、スポットライトが当たる分量がそれぞれの時期で変わってくるってことだと思います。だから、今、僕は鬱の時の自分を思い出しているんですけど、どうもその記憶がぼんやりとしているんですよね。でも言ったこととかの記憶はあります。だから、鬱の時の本当の言葉とはまた違うから、鬱の時の僕にこう言うと怒られてしまうかもしれませんが、おそらく僕は鬱の時でも自分を否定しているわけではないと思うんですよ。さっきのフーちゃんの言葉で考えると、つまり「思ってもないことを口にしている」って状態だと思います。

だから僕は、イライラした時はフーちゃんに「(帰ってほしくないのに、寂しいのに)帰れ」と言っちゃうし、鬱の時は自分を否定なんかしたくもないのに「自分なんかダメ人間だ」と言っちゃうんです。つまり、感情が不安定な時に「思ってもいないことを口にしてしまう」んです。寂しい時は寂しいって言えばいいのに、寂しいと言うのが苦手で、つい反発してしまいます。人を羨んでいる時は羨ましいって言えばいいのに、無関心を装うんです。不安なのに、自分はなんかすごくいい感じである、と口にしてしまうこともあります。で、これが僕が考える「鬱の特性」なんですね。

フーちゃんにはこの特性が全くありません。僕はもうネイティヴで特性がありますから、鬱の時だけでなく、いろんなところで感情に揺さぶられ、思ってもないことを口にしてしまうんですね。不安なのに、強気で物を言う時もそうです。これをやるから、鬱でしっぺ返しを食らうわけです。しかも、鬱になってもまた思ってもないことを言うんです。実は不安で苦しい、と口にするんじゃなくて、不安なのに人前で強気な態度をしてしまった、そんな自分はダメ人間だと、思ってもないことを言うんです。

フーちゃんはこれを全くしないんですね。なんでこういう抵抗をしないんでしょうか。というか、元々、フーちゃんは不安ゼロな人でしたよね。ついつい僕は自分が不安を感じたりイライラしたり、思ってもないのに自分なんかダメ人間だと思ってしまうので、それが人間の基本ベースと思ってしまうんですけど、フーちゃんはそもそもそれを感じないんですもんね。そのかわり、特に自分に期待することもしないってことなんですかね。僕も書きながら、今、わけわからないです。フーちゃんの思考が全く僕の体にないんですから。フーちゃんはとても自然に行動を起こしているように見えます。

そんなフーちゃんを見て、僕は気づきました。これまで不安を感じたり、虚しさを感じたり、人のことを羨ましく思ったり、嫉妬したりするとか、いろんな感情がありましたが、人間にはそれがあるのが当たり前だと思っていたんですね。不安が常に根底にあったわけですが、そうじゃない思考もあったんだと、僕は結構とんでもなくびっくりしたんですよ。

これ、当たり前のことなんですかね。そりゃ考え方は人それぞれってことはわかってはいるんですけど、それでも僕が感じていることを、全く感じない人もいるんだと思って、びっくりしたんですよね。

僕の中では、僕の問題は僕の内側から、僕の力で解決しなくちゃいけないと思っていたわけですが、これがなかなか難しいわけです。

そもそも鬱状態の時は、自分はダメ人間だと思ってますから、それがベースになってしまいます。しかも、実は自分のことをダメ人間だと思っていないんですね。もし本当にそう思っていたら、ダメ人間であることは決定事項になりますから、当然何事も失敗してしまいます。そして最初から失敗することがわかっているなら、その失敗にそれぞれ適度に対応していけばなんとかなるって、受け身の態勢が取れるわけですが、そうじゃないんですね。自分のことをダメ人間だと罵《のの》りながらも、自分が失敗すると、なんで失敗してしまったんだ、もう終わりだ、となってしまうんです。だから、ダメ人間だと思いながらも、本当に失敗するとは思っていないわけです。そりゃどんどん拗《こじ》らせてしまいます。すみません、むちゃくちゃめんどくさい人で……。

僕も普段は違うんですよ、多分、結構まともだとは思うんです。でも鬱状態の時はこうなるんですね。鬱状態じゃなければ、このようなめんどくさい思考回路はしないっていうことも忘れてしまってます。そんな状態です。だから結局、これは自分で、自分の力でなんとかできるようなものじゃないんですね。でも僕は長年、この鬱状態の時の僕の思考回路が自分自身なんだと思っていて、そこからどうにか抜け出していかなくてはいけないと悩んでました。しかし、それは不可能なんですね。感情が揺さぶられてしまって、思ってもないことを口にし、やりたくもないことを行動してしまうからです。

そこでどうするかというと、できるだけ、自分の思考回路を使わないで、行動をするんです。

でも行動は思考をもとにやるわけですから、自分のものではなくても思考自体は必要なんです。で、僕は、鬱の時にはできるだけ自分で考えずに、フーちゃんの思考を体に取り入れることにしたんです。


「自分はダメ人間だ。もうダメだ」

「いやいや、今、鬱になってるんだと思うよ。恭平がダメ人間なんじゃなくて、鬱になると、いつも自分はダメ人間だ、もうダメだ、って言うよ」

「だってダメ人間だから」

「いやいや、そうじゃなくて、この前もこの前の前も、同じように自分はダメ人間だって言ってたよ」

「ダメ人間だから、そうだよ、そうなるよ。結局、いつもここに戻ってくる」


「あ、『結局、いつもここに戻ってくる』っていうのもいつも言うよ」

「いつもこの自信がない自分はダメ人間だって思っているのが、消えない。いつもここに最終的に戻ってくる。だから、もっとこれからダメになる」

「ところがよ、今は鬱だから、そういうふうに考えてしまうんだけどね、元気になった時に、いつも恭平が言う口癖があって……」

「元気な自分なんて信用できないけど、そいつはなんて言ってるの？」

「『ねえねえフーちゃん、今、質問して〜』って言う」

「質問って何？」

「あなたは今、自分のことをダメ人間って思ってますか？　って聞いて聞いて、って言うよ。そう言うもんだから、質問するとね、いや、能力があるのかないのかはわからないけどダメ人間とは思わない、って答える。ダメ人間だとは全く思わないけど、ダメ人間でもいいよ、とか」

「そいつは信用ならないよ」

「でも恭平、その元気な恭平はね、鬱の時の俺は勘違いしまくってるから、ちゃんと勘違いを直してあげて、って言うのよ。向こうは向こうで今の恭平を信用してないよ」

「はあ、ダメだ」

「ダメじゃないよ。元気な恭平と鬱の恭平の連携は全く取れてないけど、大丈夫だから。私はずっと定点観測してるから。私は誇張したりもしないし、起きていることをそのまま話すから。いつも鬱になると、自分はダメ人間だ、って言うよ。いつも必ず言う。そして、躁状態の恭平を信用するなと言う。元気な恭平ももちろんお調子者ではあるけど、それでも今の恭平もちょっと言いすぎっていうか、自分に厳しすぎる。足して2で割るとちょうどいいんだけど、ま、そんなうまくいくわけないから、私がそれぞれの言い分を聞いて、うまく調整しまーす」

と、こんな感じで、僕はフーちゃんの思考をお借りしながら、自分で考えないで行動する、という方法を少しずつ身につけていったんです。フーちゃん、よくやってきたと思います。結構大変だったんじゃないかと思います。

僕は鬱になると、子供たちの運動会とかも行けないかもしれない、とかって一日中悩んでいたりするんです。もちろん元気な時は気にせず、行くのが楽しいんですよ。でも、鬱になるとそうじゃなくなるし、さらにめんどくさいことに、自分はそうやって子供たちの学校の集まりにも行けないしょうもないやつだってこととかを、じくじくむっちゃ悩むんですよ。でも、フーちゃんは何にも気にしないんですよね。あ、鬱だから、運動会は休もう〜ってな感じで。運動会を休んでいいってこととかも、全然わかってなかったんです。あとは、全部を見に行くんじゃなくて、アオとゲンが参加する演目だけさらっと見て、あとは弁当も食べずに帰るって方法とか、いろんなことを提案してくれました。

僕は調子が悪いと、鬱の克服の仕方とかをグーグルで検索しちゃうんですよ。本当に馬鹿だと思うんですけど、つまり、これは自分で考えることができないから、他の思考回路を探しているってことなんだろうなあって今思いました。

フーちゃんはそんなことしないんですね。フーちゃんは何か問題が起きた時に、何か検索したりしないんですね。フーちゃんは目の前のことを、必死に、どうやったらそれなりに事が順調に進んでいくか、ってことを具体的に考えることしかしません。仕事の締め切りがすぐ近くにあるのに鬱になって、僕が落ち着かず、どうしたらいいのかわからないみたいにぐるぐるしてると、「あ、電話しとこうか」と言って、すぐフーちゃんが担当編集者に電話してくれて、笑いながら話したりしてるんです。

そうやって、鬱になると何かを抱えていること自体が重荷になって、治癒することをどんどん遅らせます。フーちゃんは僕の出版記念トークを延期しようとしたり、ライブでは私も一緒に歌うから、ＭＣで話したりしないでいいから、それはもう中止ではなくて、チケット売ってしまってるから頑張ろっか、とか、とにかく具体的に対応する。そして、とにかく、自分たちだけで抱え込まずに、すぐに協力者を見つけます。それをやっていくと、だんだん僕も、なんだか深刻に悩んではいたが、実は、そこまで焦るほど大変な状況じゃないんじゃ？　みたいな感じで考えることができるようになってきます。もちろん、原稿とかを代わりに書いたりはしてくれませんよ、フーちゃんは。具体的な他者に頼ることを代わりにやってくれるんですね。

そうすることで、近々2週間くらいは何もしなくても問題はないって状態まで持っていってくれます。すると僕は2週間かかるどころか、3日後には立ち直ったりするんです。立ち直ると、健康な自分に戻りますから、すると一瞬で、自信がない状態、自分がダメ人間だと思っている状態、みたいなのが霧が晴れるみたいになくなるんですね。フーちゃんはただ健康なだけではありません。僕が自分なりの健康を取り戻した時には、実は不安もゼロだし、悩みもゼロ、自信はないかもしれないけど、それでも少しずつ丁寧にやれば、何事もうまくやり終えることができると思えるんだってことを、鬱で死にそうな状態の中でも、チラチラと感じさせてくれるわけです。

そこで気づくのは、何もフーちゃんが不安ゼロの驚きの超人だってことじゃないんです。

その逆で、不安に押しつぶされて、自分がダメ人間だと思い込んでいる僕にも、実は不安ゼロな状態があったんだということなんです。

というか、それに気づいたのは、今、これを書きながらなんです。

僕がやっているいのっちの電話を、フーちゃんがやったらいいのに、と思いますが、フーちゃんは「できない」と言います。一つ一つの問題に入り込みすぎちゃって、混乱しそうな気がするんだそうです。距離感を保つのが難しそうだ、と。全然知らない人の辛い話を聞くのは無理だと言います。鬱を経験してないから無理だ、とも。

「私にできるのは知っている人を助けること」

フーちゃんはいつも自分をちゃんと把握してます。大風呂敷を常に広げ続ける僕とは大違いです。僕は全国民と話をしたいと思っているくらいですから。

でもフーちゃんと僕とで考えてみると、それぞれの役目が違うのかもしれない、とは思います。それでも、まず起点にあるのは、僕がフーちゃんに助けられたってことです。僕はずっと、人に鬱で苦しんでいることを伝えられなかったんですから。フーちゃんに見せたことで、自分の思考回路で自分の問題を解決しようとすることの矛盾というのか、不可能性を体感しました。鬱は病気だと思っていたのですが、これはもはや病気ではなく、絶対に必要な体力的な休息の時間だとも知りました。創造に関して考えると、これは休息どころか、鬱がないと僕は新しい作品を生み出すという機会を失ってしまうので、創造にとっては無くてはならないものだとも今では感じてます。

そういったことに気づくきっかけになったのは、フーちゃんのとても具体的な対応でした。僕が鬱の時、僕はいつもフーちゃんに、僕の鬱が与える子供たちへの悪影響を心配して話すそうです。「だから僕は子供を作りたくなかったんだ」と何度か言ったことがあります。もちろんですが、フーちゃんにはそのような後悔はありません。そうではなくフーちゃんはこう言いました。

「子供たちは、恭平を助けてくれると思うよ」

僕はこれを聞いてとてもびっくりしました。僕は常に、僕が子供たちを育てている、という認識だったんだと思います。もちろん、この思考回路は鬱の時特有なんですが。元気な時は、子供たちのことが大好きだし、育てているという認識も強くなく、一緒に遊んでいるという感じです。しかし、鬱になると、やはり思考が完全に変わってしまって、僕みたいな親が子供を育てたら大変なことになるという妄想が膨らんでしまうんです。フーちゃんは僕の妄想を否定することもしません。そう感じてしまうのは、鬱のせいだと思うよ、と伝えます。で、その後に、私たちがただ育てているわけじゃなくて、子供たちも恭平を助けるんだよ、と教えてくれました。当たり前のことなのに、言葉で感じてなかったことなので、びっくりしたあと、むちゃくちゃほっとしたのを覚えてます。

「アオとゲンは恭平のことが好きなんだよ。だから助けてほしい時は助けてほしいって言えばいいし、辛いのを隠す必要もないんだよ。そして、恭平が鬱だからってアオとゲンが恭平のことを嫌いになるわけじゃないんだよ。その逆で、恭平が元気がなく寝込んでいる時、二人はいつも『パパ、大丈夫かな』って私に言っているよ。心配してるんだよ」

フーちゃんがこのように教えてくれて、僕は少しずつ、鬱状態の時に子供に申し訳なく感じることが薄らいでいきました。時間はかかったけど。

「一番退屈な時間は、パパが鬱の時。ずっと一緒に遊んでる仲間が突然いなくなったら、遊べないじゃん。だから鬱にならないように、元気な時もあんまり無理して、やりすぎないでいいよ。パパ、元気な時はすぐやりすぎるから」とゲンが言います。

中学生のアオは、僕が鬱を通過するから新しい作品を作ることができることを、今では知ってくれてます。

我が家ではいのっちの電話をスピーカーフォンにして、子供たちと一緒に聞くことがあります。電話をするから、と隣の部屋に行くことを子供たちがあんまり好きじゃないからです。それなら、みんなで聞いているほうがいい、と。だから、子供たちは今では僕だけじゃなくて、他の大人たち、子供たちも鬱で死にたくなることがあることを知ってくれてます。

「他の家族はどうか知らないけど、うちはこのメンバーなんだから、うちらなりのやり方を見つけたらいいの」

フーちゃんの、幸福の道を独自に歩く姿勢は、今では僕だけでなくアオやゲンにも伝《でん》播《ぱ》していってます。

おかげで今では、もちろん苦しいけれど、それでも恥ずかしいとは思わず、自信がないのに、ある意味自信を持って、苦しい鬱の世界に降りていくことができるようになりました。今では「落ちる」とは言いません。僕は「自ら降りていく」と思うようになりました。

こういった僕の思考の細かい変化の端々に、フーちゃんの深い影響があると僕は思ってます。

# 第五回

# フーちゃんの目、躁の僕と鬱の僕の和解

躁の時の僕と鬱の時の僕は、元々ほとんど対話することができないでいました。その二人が完全に断ち切れていて、行動したことの出来事の記憶は繫がっているんですが、どうしてそんなことをしたのかという感情の記憶が繫がっていません。

そんなわけで、鬱の時に、躁の時の自分がしでかしたことをどれだけ反省したとしても、躁に戻ると、鬱の時に反省していたことをすっかり忘れてしまいます。これが本当に別人じゃないかってくらい、綺麗さっぱりと忘れてしまうため、また同じ失敗を繰り返してしまう。こんな状態でした。そこで、僕は自分だけでなんとかすることは無理だと判断し、もう一人の人格のような感じで、いつも安定しているフーちゃんの思考を自分の中に取り入れることにしたわけです。しかも、フーちゃんは僕にこうしなさい、あれしなさいとは一度も言ったことがないです。僕は色々としでかしてしまうのですが、フーちゃんからそのことで怒られたことはありません。そういう意味では、フーちゃんは僕の中で思考の一つとして動いてはくれたのですが、感情は離れてました。だから、感情を持った思考というよりも、どちらかというと、装置や機械のような手触りがありました。だから、僕の中に他人が入り込んでいるとは少しも感じずに、躁鬱の操縦法を学べたんだと思います。どうして、ノーちゃんはそのようなことができたのか。今でもよくわかりませんが、フーちゃんはいつも、自分の考え方を人に押し付けるようなことを絶対にしません。

僕の躁鬱が激しくなったのが29歳の時で、今は45歳ですから、もう15年以上も激しい躁鬱の波とフーちゃん自身も付き合ってきたと思うのですが、何度も言うようにイライラされたことはありませんし、なんでわからないのか、みたいな感じで怒られたこともありません。フーちゃんは一貫して、躁の恭平はこんなふうに言ってたよ、鬱の恭平はこんなふうに言ってたよ、それを含めて私はこう感じてるよ、と少しだけアドバイスしてくれる記憶装置のような役目を果たしてくれたと僕は思ってます。僕は躁の時でも鬱の時でも、それぞれかなり偏った思考回路を持っているのですが、フーちゃんはそれぞれの時の僕のメッセージをもとに、その偏りを少しだけ調整しようとします。僕は躁鬱病だと判明し、しかもその激しい波に飲み込まれ、どうやって生きていいのかわからなくなることが何度もあったのですが、フーちゃんも僕と一緒に落ち込む、みたいな光景は一度も見たことがありません。無理に気丈《きじょう》にしているというのとも違います。

フーちゃんから僕が受けていた印象は、僕が鬱でかなり苦しくなっている時に、僕の体調のことを心配して、それで心配そうな顔はしているけど、僕の病気によって、フーちゃん自身が精神的に参っている様子はありませんでした。すごく心配ではあったみたいですが。なので、僕が落ち込むことによって、家族全体がギクシャクするかもしれない、という不安を感じずに済みました。これには、本当に助かりました。僕は、フーちゃんや子供たちのことを心配せずに、基本的に自分の体調だけを気遣うことできたおかげで、拗らせることなく、躁鬱の操縦法を学び続けることができたんだと思います。

これが逆だったら、僕は多分、自分ももっと落ち込んでいたと思います。フーちゃんは、そこらへんがきっぱり分かれてます。僕の体調は僕の体調、家族は家族、私は私、と。でもそこが、鬱の僕には寂しく感じられる時もありました。

もちろん、一緒に落ち込んでくれとは思わないのですが、僕が寝込んでいる間も、フーちゃんが子供を連れて、外へ誰かと遊びに行ったりする姿を見ながら、なんでそんなに元気でいられるのか、心配じゃないのか、なんてことを感じて、僕がイライラしたりしてました。それを伝えると、フーちゃんは「外に遊びに行っても、そりゃ心配でそこまで楽しむことはできないよ、でも、それでみんなで一緒に落ち込んでも仕方がないでしょ」とまっすぐ素直に言います。そりゃそうです。むしろ、そうしてくれてありがたいんです。でも、僕はついつい言ってしまう。鬱の時はついつい意地が悪くなってしまいます。寂しいからなんですよね。寂しいからついつい言っちゃう。今ではごめんなさい、と思いますが、その時は、なんでなんで、と思ってました。

フーちゃんは、僕が躁鬱病だからといって、躁鬱病のことを調べたりはしないんですよね。僕はついつい、いつも躁鬱病を克服する方法を調べちゃいます。どうせ、どこにも載ってないんです。躁鬱病で苦しんでいる人自体が書かないことには、医者の観点からだけでは限界があるんですね。もちろん、医者は医者で唯一の助っ人でもありますから、助かってはいるんですけど、僕が本当に欲しい情報を見つけることはほとんどできませんでした。

一方、フーちゃんは躁鬱病を治すために必死になる、という感じではありませんでした。その都度、具体的に対応していくんです。これはもうこの本で何度も書いていることではあるんですけど、フーちゃんはよくわからないところに助けを求めないんです。助けを求める時は、いつも具体的です。僕が「今日は、鬱が苦しいことについて、少しだけでいいからフーちゃんに吐き出したい」と伝えたら、フーちゃんは僕の両親に連絡をして、アオとゲンに夜ご飯を食べさせてくれませんかってお願いします。僕がお願いできないので。鬱の時、僕は人にお願いするってことができなくなります。そして、二人を両親に預けて、預けに行くのももちろんフーちゃんなんですが、それで、僕たちは二人で話します。と言っても、話すことと言えば「自己否定が止まらない」ってことです。

自己否定が止まらない、とは僕は言いません。この自己否定が躁鬱の鬱状態の症状であることは、今はわかるのですが、鬱の時はそれが全くわからないからです。自己否定が止まらない、って言わずに「やっぱり僕はもうダメかもしれない。もう作品を書くことはできないかもしれない。お金もなくなってしまうかもしれない。もうずっと鬱のままで、もう二度と元気になることはできない」と嘆くんです。本当に呆《あき》れるくらいに同じことを毎度言うのですが、フーちゃんに、何度も同じことを言わないよ、と怒られたことはありません。そうじゃなくって、フーちゃんはいつも、一つの嘆きに対して、一つずつ具体的に答えていきます。

「やっぱり僕はもうダメかもしれない」

「ダメかもしれないと言う時はいつも鬱の時で、実はダメなんじゃなくて、いつも疲れているよ。恭平はダメだと思わないと、すぐに動いちゃうでしょ。本当にびっくりするほど元気になったら、すぐに突然に新しいことを始めちゃうよ。だから、ダメだと思っていないと、体を休めることができないのかもしれないよ」

「このダメだって思うのは、体がわざとやっているってこと?」

「だって、そうじゃないと、すぐ外に飛んでいくもん。それじゃ体が休まらないよ」

「体が休みたくて、体が僕にダメだと思わせてる?」

「その可能性が高いと思うよ。だって、鬱じゃなくなった時に、何度聞いても、自分のことをダメだと一切思ってない、としか言わないんだよ。だから、元気になったら、ダメだとは思わなくなる。ダメだから鬱になったんじゃなくて、疲れを取ることが必要で、休息しなくちゃいけないから鬱になったんだよ」

　鬱の時に自己否定的になるのは、何も自分がダメだからではなくて、自己否定的になっていないと体をどんどん動かしちゃうからだ、ということに気づいたのは、このようなフーちゃんとの対話がきっかけです。これも昔は全く気づいていませんでした。もちろん、フーちゃんも元々は気づいていなかったと思うのですが。でもこうやって、一つずつ話をすることで、少しずつ理解が深まっていきました。

「でも恭平って、休む方法がわからないもんね」

「そう、いつも休むことがわからない。躁状態の時もわからないし、鬱状態の時ももちろんわからない」

「私は寝てていいなら、いつまでも寝てたいけどなあ。寝ることが一番好きだもん。恭平の場合の休みって、寝るってことじゃないんだと思う。あ、そういえば、恭平が鬱から抜けていく時は、いっつもみんなに夜ご飯を作ってくれたりするよ」

「でも今は絶対にご飯なんか作れない」

「もちろん、無理な時はいいよ、でもやっぱり恭平は何かを作っている時が休みになるのかもしれない」

「体がきついから、今はそんなこと少しも思わないけどね。でも、横になってても、どうせ自分はダメな人間だとか、不安がどんどん増殖しちゃうから寝てられないんだよね」

「とは言っても、横になるだけで、それはそれで休みになってもいると思うよ。で、ある程度横になったら、多分また作ったらいいんだよ」

「そうね、また、不安が強くなってきたから、きついけど、ちょっと作ってみるわ。とりあえず絵を描く」

こういう細かいことは、躁鬱についての医学書なんかには載ってないわけです。鬱の時はただ休め、としか書いてない。しかし、休むと言っても、そのやり方は人それぞれにあるんだということがそもそも僕もわかってませんでした。休む、と言えば、寝る、だと僕自身思っていました。ただ退屈して寝ていても、僕にとっては完全な休みとは言えないんだと、こうやって話すことでわかっていったんです。最初はきついから、横になる。でも、少しずつ退屈もしてくる。退屈したまま、無為に一日を過ごすと、それは僕にとっては逆効果になって、落ち込んだりするんだとわかりました。ある程度横になったら、今度は体を動かす必要が出てくる。僕の場合にはそれが休みになる可能性があるんです。

「でも、ただなんてことない散歩をするってだけでもなさそうよね。やっぱり恭平の場合は、創作することが一番充実する、体の動かし方だもんね」

創作をすることで充実する。この充実感が、僕にとっては休みになる、と少しずつ気づいていきました。休み方も本当に色々です。充実感が僕の安らぎになるんです。
「私は毎日、原稿用紙10枚の原稿を欠かさず書いたり、絵を毎日1枚描いたりするのは無理だけど、恭平にはやっぱり大切なんだと思う」

今では、僕は鬱の時こそ一番創造的な時間である、という認識で仕事をしてます。鬱の時に感じたことが元になって生まれた作品が今ではたくさんあるから、そのことを自分でも深く認識することができたわけです。でも最初の頃は何にもわかってませんでした。鬱の時にどう過ごせばいいのかどうかも何にもわからず、体はきついのに、それなのに居ても立ってもいられない、という鬱状態特有の症状に対してお手上げだったのです。つまり居ても立ってもいられないんですから、何か動きたい、と思っていることは確かなんですね。でもそれはバイトをしたいわけではない。親戚の集まりに参加したいわけではない。家事でもない。買い物でもない。掃除でもないわけです。僕の場合は、一人で、何も周りのことを気にせず、周りのことは全部フーちゃんにお任せして、フーちゃんのことも子供たちのことも家事も掃除も全部お任せして、自分は創作に夢中になる。

ま、とても自分勝手な夢中ですが、確かに、そうやって夢中になっている時だけは、不安がなくなっていることに、気づいていきました。

フーちゃんにとっては、鬱の時も躁の時も、どちらの僕も悪い状態ではないようです。どちらも違うけど、それぞれ恭平だよ、とフーちゃんは言います。僕は鬱の時は、躁の自分が憎いわけです。逆もまた然り。だから、どうにかしてどちらかを消そうとしてしまってました。それだと反発するのは当然です。鬱の僕も、躁の僕も、どちらも僕だからです。消されたら辛い。だから抵抗するわけです。しかし、そのことにも長い間気づかずにいました。でもフーちゃんはどちらの僕も否定することはせず、かといって、諸手《もろて》をあげて賞賛することもせず、でも、基本的には否定しません。どちらにもいいところがある。そして、どちらにもちょっとやりすぎなところがある、と。

僕は躁の時、鬱の僕を擁護《ようご》しようとするフーちゃんを見ながら、何度か嫉妬したものです。乖離《かいり》している僕を、ちゃんと人間として扱ってくれたフーちゃんがいたから、僕はどちらの自分も完全には否定することなく、うまく付き合っていくしかないと感じました。さらには、それぞれに長所と短所があり、もちろん短所はそれなりに修正しつつ、長所はどんどん伸ばしていったらいいじゃん、と思えるようになっていきました。僕は躁の時に何度も、鬱の僕に宛てて手紙を書いたことがあるんですけど、それは一度も、気持ちが通じたことはありませんでした。ずっと、全く理解することができない二人でいたのです。フーちゃんはその翻訳家として、対話を可能にしたと言えます。

今では、僕にとって鬱はなくてはならないものです。もちろん、苦しい時は苦しいし、今でも死ぬほどきついって時はあります。しかし、もうそれは長引くことはありません。2022年に入ってからで考えると、長くても5日間くらいです。もっと早く抜け出す時もあります。フーちゃんの翻訳を通じて、少しずつ躁と鬱の僕がお互いに、言語を理解しはじめているような気がします。二人が喧嘩することが今ではほとんどなくなってます。さらには、躁と鬱で二極化しているのではなく、その二人は常に混じり合っていて、躁の時は恭平が、そして、鬱の時にはもう一人の恭平が、それぞれ主に担当をしてくれつつ、それでも常に二人三脚で活動していることもわかってきました。

そして先日、フーちゃんは鬱の時の僕に対して、「墨平《ぼくへい》」という名前をつけてくれました。「真っ黒だけどただ暗いだけじゃないから、墨、かな」とフーちゃんは言いました。すると、僕、恭平は墨平に感謝の気持ちが現れたんです。いつも鬱の時、きついのに、頑張って、踏ん張ってくれてありがとう、って。僕は手紙で初めて、鬱の時の自分に、つまり墨平に感謝の気持ちを伝えることができたんです。そんなこと考えたこともありませんでした。その後、鬱の時、墨平は僕からの手紙を読んだのですが、なんと初めて恭平の気持ちが伝わったんです。感謝の気持ちを持ってくれたことで、墨平が柔らかくなりました。そして実は、躁の時も墨平が存在してるってことを教えてくれました。

そりゃそうですよ。墨平が鬱の時しか知らない人生なんて大変だし、辛いじゃないですか。そんなわけはなかったんです。墨平は引っ込み思案で恥ずかしがり屋ですので、表には出てこなかっただけで、躁状態の時も、存在はしていたんです。だから、躁の時、もっと墨平の意見を耳に入れてあげたらよかったんです。いないものと思いすぎて、墨平の気持ちを無視しすぎてきたんですよね。そりゃ鬱の時、墨平は反発しますよ。墨平が、誰の言うことも聞かない、みたいな利かん坊になってしまっていたのも今なら理解ができます。「恭平は二人いる」とすぐに理解していたフーちゃんが、自分は表に出てこずに、徹底して、言葉の意味を伝達する翻訳家としての職能に専念してくれたおかげで、僕と墨平の対話が実現できたんだと思います。

墨平の気持ちを理解して、墨平は躁の時もいるんだという認識が広がると、自然と躁の時の僕の激しさがまろやかになっていきました。同時に、鬱の時の自己否定が薄らいでいったんです。しかも、記念すべきことに、２０２２年の7月にまた2泊3日で鬱になったのですが、その時、生まれて初めて、自己否定をすることが一度もなかったんです。ただ疲れている、そして、一人になって仕事場に籠《こも》って、次の新作を作りたい、とただ素直に思えたんです。これには驚きでした。僕と墨平と翻訳家フーちゃんの三人で、29歳くらいから試してきた対話の実験が、15年を経て、もしかしたら和解したのかもしれないと僕は感じました。

フーちゃんにはこのことに関しても感謝しかないです。フーちゃんは、アオとゲンが僕を助けるんだよ、と教えてくれたのと同じように、僕が人生で一番嫌悪していた、鬱の時の僕、つまり、墨平も僕を助けるんだよってことを長い間かけて、諦めることなく、いつも変わらず静かに翻訳してくれたんだと思います。完全に乖離していると思っていた、僕の中の二人の人間。言葉も通じなかった二人の翻訳をするのは大変だったと思いますが、なぜかフーちゃんは実現しちゃってます。何か技術があったからできたんでしょうか。そういうことは見当たらないんですね。何か特別な能力があったというわけではない。治癒する方法なんか、フーちゃんは知らないわけです。勉強もしてません。知識もないんです。

躁鬱病に関しての知識をどれだけ増やしても、僕は少しも自分の中の二人を和解させることができませんでした。なぜなら病気ですから、治療すること、つまり、その疫病を退散させることにしか気持ちが向いていないからです。それでは困るわけです。それでは鬱の墨平どころか、躁の恭平もいなくならないといけません。そんなのは辛い。フーちゃんは、持ち前の知らないことは知らない、思ってないことは口にしない、自分と人は違う、自分の尺度で物事を語らない精神で、そして何よりも、不安を感じることがない目で（人間には実はそんな目があるんです、そのことも僕はフーちゃんに教わりました）、僕が消そうとしていた鬱の時の僕も差別せずに、優しく見守ってくれた。それは退散させるべき病の元凶ではなく、実は僕の創作の原点であることに、フーちゃんが先に気づいたんだと思います。

これは、フーちゃんの自分自身に向き合う力かもしれません。フーちゃんは、私は私以外の誰かではなく、これが私の姿で、私は他のどの姿でもない、と気づき、その目で混乱する僕も見てくれたわけです。僕が毛嫌いしていた鬱の僕に対しても、その目で見てくれました。フーちゃんは僕に何か指図することはありませんでしたが、フーちゃんはその目、眼差しを鬱の墨平に向けたんでしょう。長い間かかっても諦めることがなかったのは、フーちゃんにとっては当然かもしれません。

鬱を消すことばかりに夢中だった僕とは違い、フーちゃんはそこに生命を感じていたんですから。それならフーちゃんは目を逸《そ》らすことはしないでしょう。で、その眼差しが、ゆっくりと、僕自身の眼差しを変化させていったということなのかもしれません。最終的に、今、僕は墨平をもちろん消そうと思ってませんし、墨平が今も、元気な僕の体の中にいることを知ってます。いつの間にか、これまでその眼差しは存在しなかったはずなのに、今では当たり前になってます。自分と向き合え、というのではなく、フーちゃんはまずは自分が先に墨平の生命を感じ取り、墨平と向き合いました。その姿を見て、僕も少しずつ向き合うようになっていきました。今ではそう思えます。今、僕は鬱の時、いや、もう鬱とかではないかもしれませんね、墨平が主に活動している時、自己否定をしなくなっているんですから。

自己否定とはつまり、墨平の叫びだったんでしょう。「こっちを見て」と言っていた。僕は墨平を自分の弱い姿だと判断し、それは自分じゃないと否定し続けてました。そうじゃないんです。墨平は墨平なんですよね。私は私。その時、ずっと恭平の視点でしか物事を見てなかった僕の中の目が移ろい、鬱の時、墨平からの視点で世界を見られるようになったのかもしれません。体はきついのに、なぜか安心感もありました。もちろん、これは僕のケースではありますから、一般化することはできないと思いますが。そして、誰にもフーちゃんみたいな翻訳家がいるとも限りません。しかし、この僕の生活という実験を通して感じたことは、もしかしたら鬱で苦しいと感じている人にも参考になるかもしれません。

このように、僕はフーちゃんとの関係を通じて、たくさんの新しい発見がありました。フーちゃんは言葉を残す人ではなく、一方で僕は、馬鹿みたいにどこまでも言葉にすることが得意な人間です。これがいいのかどうかはわかりませんが、私は私ですから、僕なりのやり方をやっていくしかないし、それをやっていけば自ずと道は開けるはずです。何かの参考になれば幸いですし、僕が長く続けているいのっちの電話というものも、あれは実は、僕がフーちゃんとのやりとりで、フーちゃんから学んだことをもとに行動しているというわけです。それでも、いのっちの電話を10年以上やっても、躁鬱病と15年以上付き合っていても、墨平と和解するという方法はわかりませんでした。それが可能になった今だからこそ、僕はフーちゃんの言葉を書いてみたいと思ったのかもしれません。

第六回

# 躁状態の僕に対する工夫、フーちゃんの挑戦

「恭平はいつも外ばっかり見てるから、私のおかげで元気になったと口で言われると、そのことを自分でわかってなかったということはないけど、やっぱり改めて嬉しいよ。言わなくてもわかるでしょう、ということもあるけど、やっぱりこうやって書いてくれたり、言われたりすると、自分でも感じられるし、わかって再認識できるから、これ、どんな夫婦もやったらいいかも。注目されて嬉しい」

いつも原稿を読んでもらったあと、こうやって、フーちゃんから感想をもらいます。こうやって毎日、僕が書いてきた原稿をフーちゃんに読んでもらって、その感想をもらうこと自体、僕も初めてのことです。こういうことができるようになったのも、フーちゃんのおかげで、僕が少しずつ心の平安を感じられるようになっていったからでしょう。そのためには、鬱状態だけでなく、躁状態の僕と自分がどう向き合うかを身につけるという時間が必要だったと思います。

19歳の頃から自分でもコントロールできない感情の波にさらされ、29歳で躁鬱病と診断された僕ですが、現在では、月に一度の精神科の診察は続けているものの、薬を飲むこともなく、かなり落ち着いてます。鬱状態になることがないわけではありませんが、今では鬱になったとしても、5日以内でさっと治まり、しかも鬱状態自体も穏やかになってます。そのくらいの鬱状態であれば、元気な時に活発にしていた分の疲れを取る上で大切な休息になってますし、何よりも僕の場合は鬱状態から健康な状態に戻ってきた時に、現実がとても新鮮なものに見えます。見方が全く変わるんですね、その都度。それが僕の仕事でもある創造行為、つまり文を書く、絵を描く、音楽を作る、という行為にかなり大きな影響を与えます。鬱にならないと、創造ができないとも言えます。そういう意味では、無くてはならない時間なんです。今ではそう思えるようになりました。

夜は9時に寝るようになりました。眠れるようになりました。そして、朝4時頃に起きて、まずは本を書きます。毎日原稿用紙10枚分の文章を書いてます。その後、お昼ご飯を食べ、午後はパステル画を毎日1枚描いてます。その後は、音楽をやりたくなれば音楽をします。他に作りたいものがあればそれを作る。10枚の原稿と1枚のパステル画は毎日必ず作るようにしてますが、それ以外は気分の赴《おもむ》くままに、好きなことをやっていいことにしてます。

そして、夕方には今ある健康のもとになった、畑仕事に向かいます。30平方メートルの土地を年間1万円で借りているのですが、僕は野菜作りがとても体に合っていたようで、今年はミニトマトだけでも1000個以上収穫してます。3株植えただけで、それだけ収穫したんです。畑の土地主であり、僕に野菜作りを教えてくれたヒダカさんという畑の師匠からも、「もう君は立派な百姓だ」とお墨付きをいただきました。この畑仕事も2日に一回はやってます。このおかげで夜、熟睡できるんだと思います。畑も始めてから3年目に入ったのですが、何事も3年はやれ、というのはこの畑仕事がもとになっているんじゃないかと思うほど、3年目の畑っていうのは、菌類たちが馴染んでくるというのか、もうちょっとやそっとでは土が弱りません。どんなことでも受け入れてくれる安定した土壌になってます。この安定した土壌、というものがそのまま、僕の現在の精神の安定、そして、少しずつ味わえるようになってきた「幸福」を具体的に表わしているような気がしてます。

幼少の時から、どうやっても心を落ち着かせることができなかった僕は、フーちゃんと23歳の時に出会うことで、初めて、自分の苦しみを口にして他人に伝えることを覚え、さらに、まさに幸福人であるフーちゃんの細かい一つ一つの行動や言動から、少しずつ自分なりの生活の方法を学んでいったんだと、僕はこの本を書きながら、改めて実感しました。もちろん、フーちゃんは躁鬱病自体を知らなかったのですが、フーちゃんの場合は知識があるとかないとか、そういうことではないんですね。まさに、僕の畑の安定した土壌だってそんな感じなんですが、どんな状態だろうが、その都度、具体的に必死に対処するんです。

鬱の時の対処は色々と書いてきましたが、僕は躁鬱病なので、同時に躁状態もやってくるんですね。いろんなことをとにかく思いつくんです。いつもフーちゃんが感心してました。よくそんなこと思いつくね。私には絶対無理、といつもフーちゃんに言われてました。恭平にはいつも驚かされている、とフーちゃんはいつも感心しつつ、笑ってました。でもそんなに笑えないことも、何度も僕はしでかしてきたんです。

躁鬱病は、鬱の時は貧困妄想がすごいことになります。もう貧乏になる以外に考えられないんですね。ですが、躁状態になると、躁鬱病ではない人には信じられないでしょうが、全く逆になるんですね。自分はお金持ちなんだと思ってしまうんです。ここでこれだけお金を使っても、自分には力があるから、またすぐお金を稼ぐことができる、と思い込んでしまうんです。これは結構大変です。僕の場合は、何か金額が高いものを買って散財するみたいな方向にはいかないのですが、困っている人とかがいるとすぐにお金をあげてしまいます。気前が突然、とんでもなく良くなってしまうんですね。でも、僕は借金までするってことはなかったのですが、躁鬱病の人の中には借金までしてお金を使いまくる、みたいな人もいるようです。僕自身の感触としては、とにかく気前がよくなる、って感じです。

今でも、この気前が良くなるのは変わっていません。月に10万円くらいは使っているかもしれません。先日も、ギャンブル依存症で有り金を使い果たしてしまって生活費に困っている二人の男性に、それぞれ5万円と7万円を振り込みました。シングルマザーで二人の子供を育てていて、生活費に困っている人に30万円振り込んでしまったこともあります。こうやって、何にも考えずに振り込んでいたら、もちろん僕たちの生活費がなくなってしまうわけですが、僕はある時、フーちゃんと法人を作ることにしたんですね。お金に関しては、フーちゃんが僕に突っ込むことがかなり難しかったからです。

というかそもそも躁状態では、フーちゃんが僕に何を言っても、僕は何ひとつ聞き入れなかったんです。お金に関してもそうでした。僕は大事な人から頼まれたりすると、ついつい契約書も書かずに100万円とかあげたりしちゃってたんです。貸すんじゃなくて、あげちゃうわけです。そんな状態でしたが、2015年に法人を作ります。会社を作ったといっても、僕とフーちゃんだけの会社です。そうすることで、専属の税理士さんがつきましたので、フーちゃんが何も言えない時でも、税理士さんが毎度収支を見てくれるようになったんですね。すると、税理士さんがお金を振り込む僕にこう言ったんです。

「あなたは社会福祉に近いことをしているのだから、これはちゃんと経費として計上してみます。もしも税務署から突っ込まれたら、私が説得します」

僕は、躁状態の時にただ気前が良くなっているだけだと思っていましたが、税理士さんからすると、これは社会福祉だ、と。これにはびっくりしましたし、なんだか安心しました。フーちゃんも僕が躁状態の時に、何か直接注意するみたいなことはできない、と言ってましたが、フーちゃんは今では毎回、お金を出す時は全部、出す前に税理士さんに相談してみたら、と言うようになりました。これはフーちゃんの「何か起きたら、その都度具体的に対処する」という方法を、さらにもっと具体的に対処する方法なんだと思いました。仕事としてお金を払って、税理士さんに具体的に対処してもらう、というわけです。しかも、税理士さんからの視点だと、それまで、躁状態でただ興奮しているだけなんだ、と僕自身も思っていた行為が、実は社会福祉だと感じられて、僕も躁状態の自分自身を否定せずに済みました。いのっちの電話自体がそういう社会福祉だという認識が、税理士さんのおかげで僕とフーちゃんの中に浸透していったんだと思います。

今ではフーちゃんは、いのっちの電話をやめたらいいのに、とは言わなくなりました。むしろ、大事な仕事だと思ってくれているようです。でも「鬱の時は休んだら」とフーちゃんは言います。そこまで受け入れてもらって、社会福祉だという認識が浸透していたら、僕も怒ったりしなくなっていったんですね。だからフーちゃんの「鬱の時はお休みの時間」というメッセージがすんなりと受け入れられるようになりました。

今では、「元気な時はいのっちの電話は休みなく、24時間365日やる。でも夜9時から朝4時まではちゃんと寝る。深夜の電話は朝方、折り返す。そして、鬱の時はツイッターで報告して、しっかりと休む」というスタイルが定着しました。そして、お金をあげたほうがいい、と思う人にはあげてもいい、でもその代わり、お金を振り込むのはフーちゃんに任せてます。そうすると、お金を振り込むということを事前にフーちゃんに知らせることができます。そして、フーちゃんから「税理士さんに確認して」と言われて、僕は「あ、そっか」と思い出し、税理士さんにお金を振り込むことを伝えます。すると、税理士さんはその年の収入の具合から、これくらいは経費として計上してもいい、という数字を具体的に僕に伝えます。それがわかれば、その中でならいくらでも振り込んでもいいわけです。

振り込んだ人には「坂口劇場の出演料として」という領収書をもらうことにしました。僕がやっている会社は普通の法人であって社会福祉法人じゃないので、社会福祉としてお金を使ってもその経費にはなりません。でも僕はお金を振り込んだ経緯を全てツイッターで説明していて、自分がお金を振り込んだことを逐一報告し、これはいのっちの電話という創造行為の一環だと伝えています。そういうわけで、僕のお金を振り込むこの行為も創造行為のための経費ということにしているんですね。もちろん税務署から口頭でオッケーをもらったわけではないのですが、今のところしっかり申告をしていて、突っ込まれたことはありません。このように、僕とフーちゃんは躁状態の時をどのように対処するかということを少しずつ考え、実践していくようになりました。

　フーちゃんは自分だけで対処するのではなく、いろんな人と関わることで対処がより自由に、さらに楽になることを知ってます。それと僕自身の仕事を組み合わせていくことで、僕も楽になっていきました。同時にフーちゃんも楽になっていったんだと思います。そして僕は、鬱状態がただの落ち込みではなく、創造にとって無くてはならないものだと知覚したように、躁状態もまた、ただの思いつきではなく、人助けをしたいと強く願う体質なんだ、と認識が変わっていきました。

　躁状態ではいろんなことを思いつき、馬鹿みたいに気前が良くなるのですが、それは症状のひとつだと思っていました。しかし、社会福祉の仕事をしているという視点を入れるだけで、躁鬱病は病気ではなく、人助けを広く実践していこうとする人間の体質なんだと、僕もフーちゃんも気づいていったのです。お金も、そのために用意しているお金があれば払っても問題はないわけです。いのっちの電話も、もちろんやっていることは大変だが、やはり助かっている人がいるし、それを無償でやるという精神はたいしたものなんだ、と自分でも思えたのは嬉しいです。フーちゃんも、今ではいのっちの電話をしている僕に理解を示してくれているし、「それで人が助かっているんだから、すごいと思うよ」と褒めてもくれます。これには本当に僕も安心しました。躁状態の時にやっていることはただの思いつきではない、とみんなが感じてくれていることが、僕の健康に繋がってます。

フーちゃんは鬱状態の時だけでなく、このように躁状態の時に活発になっていく僕がどのように対処したらいいかを、一緒に色々と考えてくれました。

躁鬱病の人は決して困った人ではないんだ、と感じられるのは本当に嬉しいです。もちろん、だからこそ、具体的な対処が鍵となります。

まずは躁状態になると、途端に仕事が増えていきます。不思議なもので、躁状態は社会の空気自体を変えたり、その空気自体を即座に察知して波に乗っていくからです。そのため、調子が良くなると、それを感じ取った人がたくさん仕事の依頼をしてくれます。しかし、それに全部応えていると、必ず鬱になり、今度は約束していたことを全てキャンセルしなくてはならなくなってしまいます。そうすると、仕事の相手も困るし、自分も傷つきます。フーちゃんはこう言いました。

「どんな仕事をする時も、鬱になったらどうするのかを注意書きに入れてみて、そして、そもそも鬱になることもあるけど、それでも仕事をしたい人かを聞いてみて」

元気な時は、鬱になるとは思わないんです。絶対にもう二度と鬱にはならない、と思ってしまうんです。これぞ、感情の記憶が完全に分断している証拠です。そのため、一人で仕事を決めていると、鬱になったらどうするかなんか絶対に相手には相談しません。そして、相手も元気な僕を見て、鬱になったらどうしようか、とは全く想像できないみたいです。だから、僕と仕事の相手とだけで話していると、元気ですからアイデアも飛び交い、どんどん楽しい企画が決まっていきます。そして、仕事が溜まっていくと必ず疲れ、鬱になり、相手を困らせてしまうのです。

そこで、フーちゃんのひと声が入ってきます。それで僕はハッと気づくんですね。そして、メールを送るんです。

「トークの仕事、引き受けます。ですが、一つ条件があります。今は元気だから、自分自身も想像ができないのですが、僕は躁鬱病でして、人前に出る仕事が増えていくと、鬱になる傾向があります。そこで、鬱になった時は延期します、という注意書きを告知文の中に入れてください。それでも良ければ、ぜひ仕事をやってみたいと思ってます」

こうすると、躁鬱に理解があるかどうかがすぐにわかるんですね。決まった仕事を鬱で休むなんてけしからん、みたいな人は、このメールを見ると、ちゃんと引いてくれるんです。

「恭平のやり方が苦手だと思った人は離れていくと思うけど、でもそれでいいよ。きっと恭平の体調も含めて理解してくれる人がいると思うから、そういう人は鬱になっても離れないから。そういう人たちとだけ、仕事をしていけばいい」

フーちゃんはこういうふうに言ってくれたんですね。僕はずっと、躁鬱病であることを隠しながら仕事をしてましたから、なかなかこういうふうに言えなかったんです。そもそも人に嫌われてしまうことも怖いじゃないですか。しかも、僕は仕事としてこれをやっているわけで、完全フリーランスで仕事をしている身としては、もうあなたとは仕事を一緒にしないと思われるのは死活問題だと思っていたんです。だから最初は恐る恐るやっていたのですが、確かにフーちゃんの言う通り、僕のことを苦手だと思って離れていく人もいたのですが、躁鬱病であることも含めて面白いと思って、ずっと長く仕事をしてくれる人もたくさんいたんです。フーちゃんはいつも偏ってません。嫌われることもあるということを、いつも念頭に置いてます。僕は人から嫌われることを極端に恐れてました。でもこうやって、ちゃんと全部自分の状態を話して、それでも付き合ってくれる人とだけ仕事をする、と決めることで、失敗するということ自体が存在しなくなりました。そうやって付き合ってくれる人は、鬱状態になると電話に出られなくなってしまう僕を静かに休ませてくれて、その時はフーちゃんが彼らと電話で打ち合わせをしてくれます。それで本当に問題になったことが一度もありません。

先日も養老孟司さんとのトークショーを鬱で中止させてもらったのですが、フーちゃんが連絡をとってくれて、無事に中止にすることができました。おかげで、むちゃくちゃほっとしたのを覚えてます。養老さんからは「坂口くんは、体調悪い時はちゃんと休んでくれるから気が楽だ」というメールをいただきました。僕は泣きました。なんかフーちゃんと養老さんがいると思うと、心からほっとします。

理解してくれる人は必ずいるから、その人たちと生きていく。フーちゃんのこの言葉は、今ではしっかり僕の仕事のベースとなってます。おかげで問題が起きるどころか、仕事に関わる人たちにも安心感を与えているような気もします。面白いことも起きやすいです。何が起きても、笑って、具体的に対処することをはじめるフーちゃんは、仕事としては名前を出さずに、関わりも表には見えないのですが、実はこのようにずっと下支えしてくれてます。「もちろん、動くのは、恭平なんだし！」とフーちゃんは言うのです。じゃあ、なんでも周辺のことをやる、みたいな感じでは一切ありません。困った時にだけは出ていく、だから、最初に伝えるだけは伝えといて、という感じです。おかげで、僕自身が周りに任せてしまって、何もできなくなるということもなく、自分自身で自信を持つことができているんだと思います。

僕は現在、家族で暮らしている家がマンションの4階にあるのですが、2年前からそのマンションの1階にアトリエを作りました。朝4時に起きると、そのままアトリエに下りていきます。アトリエには三つの部屋があり、一つ目は本棚とパソコンを置いて、本を書く部屋にしてます。気持ちいいと感じる部屋にパソコンだけを置いていれば、もう僕は自動的に原稿を書くことができます。1時間で原稿用紙10枚を書き終わります。二つ目は楽器と音楽機材を置いて、音楽を奏でる部屋にしてます。それぞれの楽器にはマイクをつけているので、録音ボタンを押せばその瞬間に全部録音することができるようになってます。僕は毎日弾きたい楽器が変わるので、そこにはクラシックギター、エレキギター、サックス、チェロ、ピアノ、シンセサイザー、ドラムを置いてます。そして三つ目の部屋は、絵を描くために画材を並べてます。元々は4階にある自宅の6畳間でそれらを全部やっていたのですが、一人になる時間が必要だと思いましたし、アトリエでは全ての作業を全部待機状態にできているので、いつも思いついたものから自然と作っていくことが可能です。でも、家から離れると鬱の時に動きにくくなってしまいます。外に出られなくなるので。そういうわけで、同じマンションにもう一つ別の仕事部屋を作ったことも、心の安定に繋がっていると思います。

アトリエの家賃は月8万円なのですが、その代わり、創作量はアトリエを持つ前の3倍以上になっていて、結果的に投資してよかったなと思いました。しかもこのアトリエは、鬱になると、家に帰らずに籠れる避難所でもあります。鬱の時に、僕は家だと少しの雑音にも反応してしまって、子供たちがいるとイライラしてしまっていたので、申し訳ないと思っていたんですが、アトリエができてからは、鬱になった時にさっと3日くらい家に帰らず籠れます。静かな一人の時間を過ごすことができ、しかも、寂しくなったらフーちゃんに連絡をして、少し顔を出してもらえるので、これはかなり助かってます。もしかしたら、アトリエを作るというよりも、この避難所ができたことが僕の精神の安定につながっているのかもしれません。

その後、僕はまた躁状態になり、家の近くの築約100年の歴史的建造物である、大正時代のコンクリート造りのビル内の物件を二つ借りて、美術館を作ることを決めました。躁状態がいきすぎると、フーちゃんに相談することをついつい忘れてしまいます。相談しても、躁状態だと全てがうまくいくということが前提で物事が進んでいくので、なかなかフーちゃんが僕を説得することはできません。

「とにかく躁状態の時は、口がうまいから、全部言いくるめられてしまって、何も言えなくなる」

と、フーちゃんは僕が落ち着いてくると言います。でも大丈夫なのは、ちゃんとその後に鬱になるんです。ある意味、鬱が僕にとっての警告機能でもあるようです。

「やっぱり鬱になった。美術館なんかできないよ、やっぱり。なんで止めなかったんだよ」

「えー、止めれないもん……。鬱の時は私の意見も聞いてくれるけど、躁状態の時は本当に全く、何にも聞いてくれないから。でも、一つずつ対処していけば大丈夫だよ」

「でも、もう美術館を作りはじめようとしていることを考えるだけで気分が滅入《めい》ってくるから、全部キャンセルしたい」

「もう敷金礼金も払ったし、工事もお願いしたのに？」

「うん、とりあえず全部一度、止めたい」

「じゃあ、わかった。とりあえず、止めてみて落ち着いて考えよう」


そこで僕は、不動産屋さんと工事業者さんに鬱になった状況をいつものように伝え、払った分は返してもらわなくていいから工事も止めて、あと借りることもやめるつもりであると伝えました。こうやって、いろんなキャンセル料を払うことは、躁鬱病の僕にとってはそういう可能性があることも考慮しているので、それはそれで経費で払えばなんとかなるかな、という考えでした。それでも全てをキャンセルすると、本当に体が楽になるんです。それもまた確かなことでした。

少しずつ僕が落ち着いてきたある日、フーちゃんが話を切り出しました。

「あの、美術館計画についてなんだけど」

「うん、どうした？　あれはもうストップさせる、でいいよね？」

「いつもだとそれでいいって、私も思うはずなんだけど」

「えっ、はずなんだけど、なんなの？」

「あのね……、あそこ、築100年の大正時代のビルで、私、むちゃくちゃ好きなんだよね。あんなところを借りれるなんて、考えもしなかったけど、躁状態の恭平のおかげで、突然借りれることになったわけじゃん」

「そうだけどね、やっぱり躁状態だったんだよ。僕は絶対運営できないと思うから、キャンセルする、でいいよね？　もちろんいい物件だし、あんなビル、熊本にはもう一軒も残ってない貴重な場所ではあるけど」

「それでね、私考えてみたんだけど……。恭平ってさ、いつも躁状態の時に、新しい、誰も考えたことがないことを実現しようとするじゃん」

「うん、それでいつも頓挫《とんざ》するけど」

「で、そのこと自体はすごくいいと思うわけ。でも自分一人でやると大変だから、これまではほとんど実現しなかった」

「うん」

「でも、今回、私、ふと、自分のお店をやりたいって思ったのよ」

それは突然の話でした。しかも、初めて、フーちゃん自身が自分でお店をやりたいと言ったのです。僕の頭はまた突然切り替わったのです。

「えっ、どういうこと。その借りた物件で、美術館じゃなくて、フーちゃんのお店をやるってこと？」

「うん、今まで一度も自分でやれるなんて思ったことなかったんだけど……。この前始めたバイトではパワハラに遭っちゃって、それ以来、バイト先に近づくことも怖くなっちゃって。バイトもできないし、自分でお店をやれるとも全然思えなかったし。恭平からはいつも、自分の力を試してみたら、って言われてたのに、私、自分でできる気がしなかったの」

「俺はずっと、できると思ってたけど。フーちゃんがつくるジュエリーは僕の知り合いに見せても喜んでたし、フーちゃんの友人たちだって好きじゃん。きっとお店を出したら、うまくいくと思うよ。あとは自立して、自分の力でやるってことに恐怖心を感じなければ、ばっちり」

「あの場所だったら、やってみたい、って思えたの」

「えー、それはなんとめでたいこと」

「だから、美術館をやめて、私のお店をやらせてくれないかな」

「もちろんいいよ!」その時には、鬱はもう明けてしまってました。「しかも……」

「しかも⁇」

「二つ物件借りたから、一つはフーちゃんがお店を出しなよ。それでもう一つの部屋で僕が美術館をやる。フーちゃんが近くにいてお店をやってるなら、僕が鬱で動けなくなっても大丈夫じゃん」

「えっ、そっちはキャンセルしようと思ったけど、恭平もやるの?」

「だって、鬱もう治っちゃったもん」

「じゃあ、恭平こうしてよ。美術館は恭平が立ち上げるけど、店番とかはしないってのはどう?」

「じゃあ、店番はどうするの?」

「最近、恭平のお父さんも会社の役員に入ってもらって、毎月給料を払うことにしたじゃん。それは親孝行だし素晴らしいことだと思うの。で、その代わり、お父さんに店番してもらったらどうかな？」

「それはいいじゃん！」

「絶対、恭平が店番とかはしないで、人に会わないほうがいいと思うの。でも、お父さんならいいし、お父さん以外にも2日間くらいなら人を雇うこともできると思う。それだったら、恭平には全く負担にならないじゃん。美術館自体を作るのは私もいいと思うの。みんな恭平の絵を好きでいてくれるし、きっといい場所になるはず」

「お、いいじゃん、それなら本当に実現するかも！」


というわけで、僕の躁状態がきっかけになって、今度は、フーちゃん自身が自分のお店を持つという挑戦が始まったんです。

フーちゃんは僕と出会ってからずっと、僕が精神的に落ち込むことがあったり、逆に元気すぎて、どんどん新しいことに挑戦したりする上に、二人の子供の子育てもやってましたので、「落ち着いて自分のことを考える時間はほとんどなかった」と言いました。

でも、時間が経過し、僕がフーちゃんからの助けを借りながら、自分なりの躁鬱病の操縦法を練習しては失敗しつつ、身につけていくうちに、フーちゃんにも少しずつ心の余裕ができてきたようです。そして、いよいよ今度は、フーちゃん自身が、これまでに試したことがなかった、自分の力を試す、という挑戦に向かう時がやってきたようです。

さて、フーちゃんの冒険はいかに？ ……という話をしていきたいところですが、その前に、僕が躁状態の時にしでかしたことをいくつか書いておく必要もあると思います。それでフーちゃんが辛く苦しんだ時もありました。僕とフーちゃんで離婚の話をすることも、正直何度かあったのです。そんなわけで、次回は、僕の失敗などを話しつつ、そんな状態の時、フーちゃんはどんな反応をしたのかということについて書いてみましょう。



第六回

# 躁状態の僕に対する工夫、フーちゃんの挑戦

第七回

# 「今までの自分」を叱らない

フーちゃんについて色々書いてきましたが、さすがにフーちゃん、悩みなさすぎじゃないか、生きることに困ったことなさすぎじゃないか、と僕も思います。だから色々と聞いてみるんですが、本当にないんですね。

僕と出会ってからもう20年以上経っているのですが、フーちゃんが壁にぶつかって右往左往しているという瞬間を、やっぱり見たことがないです。それとは逆に、何をしたらいいのかわからない、みたいになって立ち止まっているところも見たことがありません。もちろん、鬱になったことはありませんし、落ち込んだところすら見たことがありません。本人は「プリプリしている時はそりゃあるよ」と言いますが、僕がイライラをぶつけられたと感じたことは一度もありません。また、フーちゃんが僕にイチャイチャしてくることもありません。基本的にフーちゃんにはスキンシップみたいなものは必要ないようで、それは出会ってもう20年経過したからってことじゃなくて、最初からそうでした。

「それでも、付き合いはじめの頃は恭平の家に向かう時に、早く会いたいから早足で駆けてた」と言ってましたが、フーちゃんは必要以上に誰とも近づかないと僕は思ってますし、僕に対しても必要以上に踏み込んできません。寂しいという感情もほとんどないので、当然のことかもしれません。僕が見る限り、フーちゃんはアオとゲンに対しても、そんな姿勢でいます。ずっと同じ空間にいようとはしてますが、子供がかわいすぎて、ついついぎゅーぎゅーしてしまう、みたいな光景を見たことがありません。決して興味がないわけではなく、僕なんかよりも子供たちのことはよーく見てます。

僕はついつい人の心を読みすぎてしまうところがあって、子供たちの顔色が少しでも変わると、大丈夫かなってフーちゃんに相談したりします。すると、いつもフーちゃんは「へえ、そうなの、私はあんまりわかってないかも。大丈夫じゃない？」と言います。フーちゃんは「その人が口にしてないところまでは言い当てない」という感じです。僕はついつい、口にすることはできないけど、気にしていることはないかな、と少し探ってしまいます。もちろん、それによって、子供たちがうまく言い表わせなかったことを感知することもできるんでしょうし、アオは小学2、3年生の頃、時々、突然襲ってくる恐怖心みたいなものに困っていたので、僕の行動がうまく機能したこともあったのでしょうが、フーちゃんは家族であろうと、そこまで心の中にまでは入り込まないという態度でいます。フーちゃんのその姿勢が、僕たち四人の生活に穏やかさをもたらしているのは確かです。

フーちゃんは僕から見ると、少しぼうっとしすぎているんじゃないかって思う時もありますが、その時はぼうっとしたいからぼうっとしているらしいです。でも退屈しているわけじゃないんですね。フーちゃんが「退屈だ」みたいに言うことはありませんし、退屈している様子もありません。フーちゃんがやることはたくさんあります。僕は人の心はよく読めるんですが、家の中の具体的な物はあんまり読めません。フーちゃんはいつも具体的なんですね。台所のレンジフードを綺麗にしたい。トイレの便器の内側の見えない部分を歯ブラシで擦《こす》りたい。洗濯機の中のゴミを掃除したい。歯ブラシと重曹を使って色々と掃除したい。梅酒をつけたい。枇杷《びわ》の葉を焼酎漬けにして、枇杷エキスを作りたい。味噌を作りたい。フーちゃんは神経質ではないのですが、とても綺麗好きです。綺麗好きの動物みたいに、ずっと毛繕《けづくろ》いをしているかのように、綺麗好きです。

フーちゃんは刺繡《ししゅう》をよくやっていて、僕や子供たちの破れたズボンや靴下をよく修繕してくれてます。とても物を大事にして、同じものを丁寧に、何年も使ってます。新しく何かを買いたい、という感じがなく、元々あるものを大事に使います。

僕も掃除をするのは嫌いではないのですが、少しイベントのような感じというか、気が向いたら無茶苦茶綺麗にしますが、断続的です。フーちゃんはちょっと僕には気づかないところにも、さっと目が行くんですね。まるで僕が人の心を読むように、フーちゃんは自分が暮らしている空間を読んでいるような気がします。僕や子供たちが着ている服なんかにもさっと目が行きます。僕自身も家事は好きで、やるのは全然いやじゃないし、料理なんかは楽しんでどんどんやるほうだと思います。だけど、フーちゃんはなんというか、自然な綺麗好きで、無理がないというか、掃除なんかも取り掛かったら、僕は作業が全部雑ではあるが早いので、ささっと終わるんですが、フーちゃんはあれこれ、ゆっくり、自分が納得する方法で、気づくと、ちゃんと綺麗になってる、という感じです。でもそれをやってたから一日が過ぎてしまった、とフーちゃんは笑ってます。僕はよくフーちゃんに、掃除は大体でいいから、自分で一番やりたいと思っている、ジュエリー制作に集中しなよ、と言ってました。時々は、フーちゃんが自分の道を進もうとしていないんじゃないか、と僕は感じてしまって、怒ることもあったんです。とは言っても、フーちゃんは別にサボってたわけではないわけです。フーちゃんはゆっくりだけど、ずっとやることがあって、それに取り組み続けていたわけです。僕が理解できないと思う時もあったんですけど、それは僕の勝手な勘違いなわけで、フーちゃんの感覚としては、むしろ、ずっとやらなきゃいけないことに追われていたという感じだったんだと思います。

一方、僕の場合は、やることが全部早いわけですね。原稿用紙10枚書くのに、1時間もかからないので、つまり、仕事が1時間で終わっちゃうわけです。で、仕事が1時間で終わっちゃえば、それならそれで、あとはゆっくりしてればいいのに、仕事が早すぎて、余った時間をどうやって過ごしたらいいのかわからない、なんていうわけのわからないことで悩んだりしてました。そんな横で、フーちゃんはいつもマイペースで、僕からしたら、ありえないほどのマイペースで、なんだか止まっているような、何もせずにぼうっとしているように見えたりもしていたんだと思います、今考えると。しかし、フーちゃんは自分のペースでやってたわけですね。遅かろうが、早かろうが、自分のペースなわけです。

フーちゃんは早すぎる僕のペースに、別に何も言わないわけです。「すごいねえ、なんでも早く終わらせて。私なんかあれやって、これやったら、もう一日終わっちゃう」とむしろ感心している様子です。それに対して、僕はフーちゃんが遅すぎて、何もやっていないように見えてしまって怒っていたわけですが、あれはフーちゃんに怒っていたんじゃないですね。あれは、時間をゆっくり味わうように過ごすことが全くできない自分にイライラしていたんだな、と今ならちょっとだけ気持ちがわかるのですが。

なんでこうやって、人に対して自分のペースで言ったりするんでしょうね。心を読むことに忙しくて、全然見えてなかったんでしょうね。もっともフーちゃんに言わせると、「人の心を読むことは絶対にできないよ。それはどこまでいっても、恭平が感じていることでしかないんだから」ってことなわけです。もちろん、ヤマカンで当たることはあったのかもしれないが、それはたまたまで、基本的には勘違いなわけです。フーちゃんは「人がどう感じているかは絶対にわかることはない」と完全に認識してます。それは一緒に暮らしている家族だろうが、そうなわけです。子供だろうが、やはりそれは他人であり、予測することはできるが、それは常に予測であり、確信に変わることはないと、フーちゃんははっきりと認識してます。だから、勘違いすることがないんです。もちろん、だからこそ気づかずにいた、ってことはあるのかもしれません。気づかずにいた、と気づけるのは、相手から「実はこう思っていた」と実際に言われた時です。フーちゃんはそのように気持ちを伝えると「あ、そうだったの」と、その時には行動をちゃんと変更するんです。

具体的に相手から考えていることを伝えられると、即座に対応する。それまでは予測はするものの、こちらで決めつけて判断しない。

フーちゃんはこの姿勢が徹底されていると思います。言われるまで変にこちらで憶測することをしない、と決めているようなフーちゃんに対して、なんだか納得がいかない時もありました。ちょっとは気持ちを汲《く》んでよ、みたいな感じです。僕にはそういうところがあるんですね。自分が、あれこれよく相手の気持ちを汲んで、言われる前にさっと動くような、行動方針なんでしょう。だから自分がしていることをあなたもしてよ、みたいに思ってしまいます。しかし、フーちゃんはそうしないんですね。それで僕が怒るという場面が何度もありました。

しかしフーちゃんは、言えば、伝わるんです。思っていることを口でちゃんと伝えたら、伝わるわけです。その時に、ちゃんと反応、対応してくれるわけです。しかし、僕は気持ちを汲んでくれない、と思うばかりに、いざ、思っていることを口で伝える番になると、先にもお伝えしましたように「もう帰っていいよ！」とか言っちゃうわけです。馬鹿ですよね。で、フーちゃんは言われたことをそのまま全部受け入れて行動してくれますから、「わかったよ、じゃあ帰る」となるわけですね。僕は思っていないことを口にすることで、ついついフーちゃんに、また気持ちを汲んでもらおうとしたんでしょうね。

「思っていないことは口にしない」

フーちゃんはいつも自分の行動の軸がぶれません。

そして、僕は「自分がしてあげてることは、あなたも私にしてよ」というふうに行動してたわけですが、フーちゃんは「私は私、他人は他人」ですから、そんな交換はしないわけです。逆にフーちゃんがいつも僕に言っていたことは、「自分がされて嫌なことは相手にもしない」でした。フーちゃんは何かをしてあげていても、じゃあ代わりに何かしてよ、とは言いません。そして、自分がされて嫌なことは相手にもしません。

本当に出会った時から、僕が知っているのはフーちゃんが24歳の時からですが、その時からずっとこうなんです。

フーちゃんには理由のない焦りみたいな感覚がまるでないらしいです。

「なんでも作業するのはゆっくりだから、終わらなくて焦ったりはするけど、それとは違うんだよねえ?」

そんな具体的なフーちゃんの横で、僕は原稿用紙10枚を1時間でさっと終わらせているのに、なぜか理由のない焦燥《しょうそう》感を感じ、ソワソワしてました。もちろん、このソワソワしている時ってのが、鬱状態の初期症状ではあったのですが。元気な時はないわけです。僕としては、自分の仕事、作家とか画家とかでなんとかやってるけど、本当にこのままやっていけるのか、とか、不安なわけです。横でフーちゃんは「え、恭平、絶対大丈夫でしょ、今日も10枚書いたんだし」とか呑気《のんき》なわけです。「でも知らないこととかできないこととか、たくさんあるし、やっぱりこんな適当にやり続けるのは無理だ~」って落ち込む僕の横で、「え、恭平は、この前も森本のおじちゃんに『広く浅く生きていきなさい』って言われてたじゃない~。私もそう思うなあ。浅瀬をどこまでも走っていきなよ」とか笑顔で言ってくれてるのに、僕は「なんでフーちゃんはそんなに呑気でいられるんだ」っていつも怒ってました。

そして、ぼうっとすることの天才であるフーちゃんは昼寝をするのです。

「やっぱりフーちゃんが、俺みたいに自分の問題で困ったってことないね……」

「恭平は繊細だからねえ。将来の不安とかも、もちろん、私だってゼロじゃないんだと思うけど、恭平みたいに想像力豊かじゃないから、ある程度まで想像したら、もう疲れてきちゃって、ま、いっか、ちょっとずつ目の前のことやっていこうってなるんだよ。恭平の想像力すごいじゃん。もちろん、小説書いている時もすごいんだろうけど、やっぱり不安を感じた時の想像力が半端ないよ。そこまで想像する？　ってところまで、どんどん行っちゃう。あれはあれで感心するけど。私はそこまで良いことも悪いことも想像できないんだよ、途中で疲れちゃう」

「じゃあ、やっぱり困ったことと言えば、俺のことじゃん」

「そうね……。2009年くらいの頃かなあ、恭平が躁鬱病って診断されたばかりの頃って、本当にきつそうだったもんね。お前も不安になれよ、って言われたもん（笑）」

「そんなこと言ったの？　でも本当、代わってほしかったよ、それくらいきつかった」

「でも、恭平が鬱で落ち込んでる時は、やっぱり私もどうしたらいいのかなあって、悩んでたよ」

「で、どうしたの？」

「え、どうもできない（笑）。まだアオが1歳とかだったよね。恭平が家で落ち込み続けて、私もちょっと息が詰まってきて、よくアオを連れて、ベビーカーに乗せて、当時住んでた家の近くの公園のベンチに座りに行ったなあ」

「それでどうしたの？」

「で、お母さんに電話してた」

「お母さんはなんて？」

「え、お母さんも何もわからなくて『困ったわねえ』って言ってた。二人で、どうにかしてあげたいけど、どうもできないねえ、困ったわねえ、どうしようかねえって話してた。でもいつでも話を聞いてもらえたんだよね。本当にいつでも」

「それで何か解決したの？」

「解決なんかしないよ。でもずっと話は聞いてくれた。時間を一緒に過ごしてくれたって感じかな。お母さんだけじゃなくて、お姉ちゃんもいつでも話を聞いてくれた。それで時間を一緒に過ごしてもらって、そうすると、ちょっと気合が入るの。それで、よし、頑張るぞ、って思って、また恭平が寝込んでいる家に帰ってた。でも、それでも何にもできないしね。恭平、きつい時は3ヵ月くらいずっと鬱の時もあったから。それで、また家で頑張るんだけど、恭平の落ち込みがすごかったから、やっぱりそのうちにぐったりしてきて、それでまたお母さんに電話して気合入れてた」

「そっかあ、よくやったね。俺はもうその時は、自分がどうにか生きのびることしか考えてないから、フーちゃんがそんなことしてたのは知らなかった」

「うん、でも、いつか必ずまた復活するのも、わかってはいたから。でもあの、まだ躁鬱病か何かわからない頃、躁鬱病についてどう対応したらいいかわからずにいた頃は本当に大変だったよ。まあ、その後も何度も恭平の鬱で大変な時はあったんだけど。それでも、私にはいつでも、困った時に話せる人がいたから」


「友達にも話したの？」

「うーん、友達にも話をしたこともあったけど、みんなちょうど子供ができたりとかで忙しかったりしたからね、結局多くは話せなかったかな。とにかく困った時は、いつでも気にしないで話せる人が大事だから、だからお母さんに、とにかくよく電話してた。

私は親に心配かけちゃいけない、っていう考えが全くなかったから。どうやら、お姉ちゃんにその後聞いたら、お姉ちゃんはお母さんに心配かけちゃいけないって考えがあったらしいんだけど、私は本当に全くなかったんだよね。

だから、とにかくお母さんに話してたよ。お母さんも鬱のことなんか知らないから、理解できてるわけじゃなかったんだと思うけど、お母さんも理解しようとしてくれたから、私はとても助かった。何にも解決しないんだけどね、それでもいいんだよ。困った時にいつでも気にせず話せる環境があったから、私は助かったんだと思う」

「フーちゃんは抱え込まないもんね」

「そうね、それは小さい頃からずっとそうかも。とにかくお母さんに、どんなことでもすぐに全部相談してた。何を言っても大丈夫だって思えてた。だから、困ったらすぐ言ってた。親っていうか、お父さんは中1の時に死んじゃったから、やっぱりお母さんだね、私にとっては。お母さんに何かを話して、私が意図してない方向に受け取られるって経験が一度もなかったの。お母さんは私が困ってることも嫌がらなかったし、いつでも話を聞いてくれた。

お母さんは『無理しなくてもいいじゃない、やれるようならやってみて、無理と感じたらやめて戻ってきなさい』といつも言ってくれた。でも私はこうも思うの。もしかしたら、いつも困った時の判断を、お母さんに任せていたのかもしれないって。私って、だからはっきり決めないじゃない？　自分で決定できないのかもしれない。自分の気持ちを察知して、それを人に伝えるってことが苦手だもん。人にはこうしたらいいじゃないって伝えるのは得意なんだけど、自分の気持ちがわからないってのはあるのかもしれないよ」

「嫌なことを、嫌だって言えない？」

「うん、それはあるかも」

僕は躁鬱病ですから、鬱状態になると、落ち込み、部屋に籠って、もう何もできないと嘆きますが、その鬱が明けると、次は躁状態が訪れます。これまでも色々とありました。若い時もちょこちょこと、突然興奮状態に入るみたいなことはありましたが、僕が最初に、自分でもびっくりするほどの躁状態に入ったのは、東日本大震災。そしてその後、福島にある原発が爆発した時です。

原発が爆発するちょうど1週間前に、僕はたまたま、原発をどうしていけばいいのかというインターネットのトーク番組を企画して放送してました。そういうこともあり、さらに躁鬱は、社会が危機を感じた時に、つまり、普段は落ち着いている周りの人々たちの波が揺れて、不安にさらされた時、それこそ三年寝太郎みたいに、突然、行動的になります。社会全体の波が揺れているので、僕の躁状態の大きな波を、周囲もそこまで大きなものだと感じることができない、ということもあると思います。それで何を思ったのか、僕は現政府が信用ならないからと、一人で勝手に新政府を立ち上げてしまいます。それで、初代内閣総理大臣を名乗ってしまいます。こういう時に、政治的な行動を起こそうとするのも躁状態の悪い癖です。とは言っても、何も適当に思いつきでやっているという感覚はその時はありません。必要だから、絶対こうしたほうがいいからと、真剣にやっているのです。

これには僕の周りの家族、つまり、両親たちは驚き、やめなさいと叫びました。新政府を作り、東京から熊本に移住し、議員会館に国民を避難させよと電話し、インターネットを通じて現政府の問題を訴え、僕は新政府を作り、独自の方法で人助けをはじめる、と高らかに宣言したのです。

それでやったことといえば、当時の僕のアトリエ、古い一軒家を開放し、誰でも好きに避難できて、好きに寝泊まりすることができるようにしたことと、テレビ番組の枠を倍にしようとしたこと、自腹を切って、福島の子供たちの飛行機代を払って熊本でゆっくりしてもらう「0円キャンプ」を企画実行したくらいでしょうか。今考えてもこの時が一番の躁状態だったと思います。

その時、フーちゃんはどうだったかというと、フーちゃんは否定を一切しないんです。もちろん、僕はその時は間違ったことは何もしていない、むしろ人助けになるんだから率先してやったほうがいいと思ってますので、フーちゃんが否定しなくても、当然だと思っているところがありました。しかし、同時にフーちゃんは肯定もしないんですね。フーちゃんはいつも、僕がやることなすこと、否定もしない代わりに、どんどんやったらいいよと肯定することもありません。何か協力するよ、と声をかけてくれることもほとんどありません。でも苛立っているわけでもなく、ニコニコしてます。これもフーちゃんの、嫌なことを嫌だと言えない癖なのか、と聞くと「嫌じゃなかった」と言いました。嫌ではないけど、理解するのにはとても時間がかかった、と。

フーちゃんは自分が理解する前に、咄嗟《とっさ》になんとなく嫌だと言ったり、否定したりしないんですね。さらに、ノリで肯定することもないんです。話はとてもよく聞いてくれるけど、特に頷くこともしません。首を振ったりもしないんですけど。判断を保留したまま、それでもそれなりに朗らかに過ごすことができるということなのではないか、と僕は考えてます。人のやることなすことで、自分の機嫌が翻弄されたりしないんですね。僕の場合は、自分が違和感を感じたことは、すぐに断ったり、離れたりしたくなってしまいます。そのことを考えているだけで、頭の中にあるだけで、その日一日の気分が乱されてしまうんですね。だから、ある程度早急に好きか嫌いか判断する必要があります。フーちゃんはそこの足腰がやたらと強いように感じます。でも強いと言っても、力でねじ伏せているっていうのとも違います。ほんわかとそのままにして、そこに居座りすぎずに、食事を作る時間になれば料理をはじめ、洗濯物が溜まれば洗濯をし、子供たちとも朗らかに話すことができる。これがいつ見ても、僕から見てもすごいところ。僕はすぐに反応してしまう。それで他のこともできなくなってしまいます。

他にも僕は、新政府を作った後に、今度は児童養護施設で生活をしていた18歳の女の子をうちの家族に養子として迎え入れる、という行動をしてしまいます。これも今振り返ってみると、躁状態だったんだと思います。しかも、それはうちの二人目の子供ゲンが生まれた日でもありました。こんなこと馬鹿げている、と普通なら怒られてしまいそうですが、フーちゃんはこの時も怒りませんでした。いのっちの電話で出会った女の子を、実際に養子にするとまでは考えられていなかったとは思うんですが、それでも、僕のアトリエには他に若い男の子が居候《いそうろう》していましたから、フーちゃんもうちを使ってくれたらいい、と言ってくれました。そしてとうとう僕は、東京から熊本の我が家まで、女の子を連れてきてしまったんです。最終的には、僕が鬱状態になり、この計画が完全な躁状態だった僕による全く無計画な思い込みだったと自覚したので、その女の子には申し訳ないと謝って、東京の養護施設まで戻ってもらいました。

僕は人助けをしたい、とは思っているのですが、このようにいつもやりすぎてしまって、周りにかなり迷惑をかけてきました。しかし、この時もフーちゃんからは一度も否定されていないんです。生まれたばかりのゲンを育てるだけで大変だったでしょうに、フーちゃんは何も言わずに、ほんといつものように否定もしなければ、肯定もしないのですが、養子にすると言ってた僕に頷くこともしませんでした。でも、その子をなんとか助けようと、躁状態になって必死になっている僕の考え自体は尊重してくれていたんだと思います。さらには、躁状態になった僕は何度か他に好きな人ができたのですが、その時も僕はフーちゃんに正直に伝え、それもなぜか、僕は怒られることがなかったのです。

とまあ、躁状態の時にしでかしたことを振り返ってみると、よくぞ、フーちゃんは僕と離婚しなかったなと思うのですが、僕もここ何年かで少しずつ、自分の躁鬱病の操縦技術を鍛えてきましたので、今は我が家はそれなりに穏やかな日常を送ることができてます。しかし、それでも何度も危機があったんじゃないかと僕は考えるのですが、フーちゃんから否定されたという記憶はほとんどありませんでした。もちろん、いつものように肯定もされないのですが、しかし、僕の行動は、なぜか尊重されるという不思議な状態でした。

フーちゃん、本当はすごく我慢しているのかもしれません。もちろん、能天気な僕もたまにはこうも考えます。

でも、そうじゃないみたいなんです。二人で話してても、昔のあれがどうだったとか、実は嫌だった、みたいに、振り返って文句を言われることもないんです。それこそフーちゃんのお母さんみたいな感覚で、いつも僕の話を聞いてくれているような気がします。そう言うといつも、「私はあなたのお母さんじゃない」と言われるのですが。

別に、僕もお母さんだと思っているわけじゃないんです。人に接してもらったように、フーちゃんは人に接している、というその単純で素朴な行動に、僕はついつい感動してしまいます。それならフーちゃんを裏切るようなことをしなきゃいいのに、と思います。確かにそう思います。しかし、僕としてはなんとなく、嘘をついて生きていくのは違う気もします。無茶苦茶自分勝手な考え方ではあるのですが、フーちゃんがこれまで受け入れてきてくれたのは、僕自身がとにかく自分に正直に接してきたからではないかと考えるところもあります。とは言っても、これからは、少しでも穏やかに、家族四人で生きていけたらいいなとは思ってます!

フーちゃんは今までの自分を一切疑いません。それ以外の選択肢がなかった、つまり、自分は最善の手をその時々で打ってきたと考えてます。瞬間瞬間では優柔不断で、メニューひとつ決めるのも時間がかかりますが、あの時こうすれば良かったという後悔の言葉は全くありません。僕は鬱状態の時、すごい自己否定をはじめてしまうのですが、その時フーちゃんはまず、この自己否定は今までずっと続いてきた、と言う僕に対して、自分を否定してなかった時もあったよ、元気な時はそんなふうには言ってなかったよ、穏やかで幸せを感じる時もあったよと、覚えていてくれます。

鬱状態になると、綺麗さっぱり、そんな穏やかな日があったとは思えなくなってしまうのです。それが鬱状態の症状なのですが、これまでずっときつかった、実は心の中では絶望していた、みたいに、今までの自分すらも全部否定しようとしてしまうんですね。フーちゃんはそれを一つずつ、そうじゃなかった時を覚えてくれてて、記憶が分裂してしまい、自己否定の渦の中に取り込まれてしまいそうな僕を、なんとか助けてくれます。

しかし、それでも僕の自己否定は止まらないんですね。これが躁鬱の鬱状態という恐ろしさでもあるのですが、どうやっても肯定することができないんです。

すると、フーちゃんはその自己否定する僕に付き合って話を聞いてくれます。そして、僕が繰り返している自己否定を一つずつ、また否定もせず肯定もせず、簡単には首を振ったり、頷いたりせずに、言葉を返します。

僕は本を書いているのに、知識が身についていない、と嘆いたりします。これを書いている今の僕は比較的穏やかですので、そんなことを全く思わないのですが、不思議なことに鬱状態になるとそう思います。ここでみなさんにも理解してもらいたいことは、時々、自己否定の言葉が出てくるじゃないですか、その時は実はもうすでに、心の調子が良くないいんです。そんな僕の状態と同じだということです。これもフーちゃんと対話することで、身につけました。

「自己否定している時はすでに鬱に入ってます」

これはこれで大事なことです。お忘れないように。

とは言っても、僕もその時は自己否定に入ってますから、「鬱状態だよ、だからそんなことを考えてしまうんだよ」とフーらゃんがどれだけ言っても、聞いてあげられません。

知識が身についていないことを嘆いている僕に「恭平は私よりちゃんと色々学んできていると思うけどなあ」とフーちゃんが言います。

書き方は変ですけど、知識があるはずの僕が、僕より知識がないと自覚しているフーちゃんより落ち込んでいるわけです。よく考えるとおかしいですよね。

僕には、本を書く人はこうあるべきだ、みたいな凝り固まった考え方があるみたいです。もちろん、それは鬱状態の時だけなのですが。なんだかハードルが高いんですね。自己否定ってよりも、理想が高い、みたいです。その理想も、こうなれたらいいなあ、じゃなくて、お前はこうあらねばならない、というなんとも息の詰まる窮屈な理想です。こうじゃなきゃいけないのに、そこに達していないお前はダメだ、と怒っているみたいなんです。フーちゃんは、いっつもハードル高いなあ、とびっくりしてます。この理想の高さは、はっきり言えば大きな勘違いです。僕のいいところはそこにはないのに、なぜか規律正しくこうあらねばならない、となってしまっている。

フーちゃんはいつも「あなたのいいところは、浅く広く、でもどこまでも突っ走るところだからなあ、いつ見ても感心するけど」と褒めてくれます。調子が良い時は僕にとってもそれは長所になるんですが、なぜか鬱状態になると、欠点、今すぐ直さないといけない欠点になるんですね。これは本当に不思議です。そして、こうやって落ち着いて、それは勘違いだと感じることができたのも、やはりフーちゃんがいつも変わらず、落ち着いてツッコミを入れてくれたからだと思います。

フーちゃんにとって今の自分は、これまで過ごしてきた時間の中では最善の手を尽くしてきた結果です。だから、何かが足りない、というものはないんです。もちろん、もっとこれをできるようになってみたい、と思うことはあります。でもそれは、今までなんで練習してこなかったんだ、なんでこの歳になって経験していないんだ、みたいに後悔するものではないわけですね。今までは色々やってきた。それで今の自分がある。でも、今、もっとこうしてみたい、と思うことがある。それを今、やってみたらいい。と、こんな感じです。

僕はついつい、今まで自分が知らなかったことに対しても、なんで知らないんだ、みたいに、すぐ時間を遡《さかのぼ》ってしまうところがあります。フーちゃんは時間を遡りません。知らないことは、今から知ってみたらいいだけなんです。だから、今まで経験せずにきてしまった自分に対して、怒ったりすることがありません。一方、僕は知らないこと、その事実に対して落ち込んでしまったりするんです。結果的に、落ち込んだら一日何もできなくなります。知らないことで落ち込む、つまり、それは知りたい、ということだから、ただ素直に今すぐ知ろうとすればいいのですが、知らないことに落ち込んで、ついつい練習をサボってしまうんです。

これは落ち込んでいるわけでもなんでもないですね。これはただ、自分をすごい人間だと勘違いしているだけです。結果的に練習と知識を得ることをサボっているだけの勘違い人間です。と、僕はフーちゃんを見て自分をそう思いました。フーちゃんはそこで「今までの自分」を叱ることがないんです。今までの自分は最善の手を打ってきた、自分の中ではこれ以上にやりようがない、最適な状態なわけですから。だから、さっと、次の行動に入れるんです。鬱状態の僕はその都度、今までの自分に呆れ、叱り、そのおかげでやる気を失い、落ち込み、寝込んでしまっていたのです。

フーちゃんは素直に、今までの自分を最適なものだと捉えます。他者と比べないだけでなく、理想の自分とも比較しません。だから自分を叱ることがありません。これぐらいしかできないのか、と僕は自分を責める時がありますが、20年以上もフーちゃんを見てきて思うのは、フーちゃんは一切自分を責めないんですね。だから、自分の心の中と頭の中の問答でくたびれて、憔悴《しょうすい》するようなことがないんじゃないかと思います。僕はついついそれをやってしまってました。だから、叱られすぎてやる気を失った子供みたいな状態になってしまうんです。それが、鬱状態の苦しんでいる自分の姿に似ている感じがします。

フーちゃんを見習って、それを少しずつしなくなってきました。僕が落ち込むことも一つの表現であり、その中で見つけてきたこともたくさんあります。だから、落ち込むことも生きていることの中にたくさん含まれていて、それはそれでいいと思うんですが、しかし、フーちゃんみたいな人もいるってことはとても大きな発見でした。というか、今までそんなこと少しも知らなかったのです。生きることは悩むことだし、自分というものはそう簡単には受け入れることができないし、どこか許せないものでもあると思い込んでました。しかし、フーちゃんは完全に違っていたのです。

自分のことを一切否定しない、しかも、自分のことを肯定することもないんです。でも、今までの時間を過ごしてきたことに関しては最適だったと納得している。

だから自分が無能であることも自覚しているし、「自分は無能だから」と無能であることに落ち込むこともありません。つまり、それは無能ではダメだと思っているから落ち込むわけですが、フーちゃんは無能であることが悪いことだとも思っていないんです。

無能だから、と自分を馬鹿にすることもない。無能ではあるけれど、だからこそ自分のいいところもそれなりにしっかり頭に入っているし、体に染み付いている。無能であることを知っているので、新しく何か得ようとする時も、過去の自分と比べずに素直に学ぶことができる。僕の場合だと、過去の自分に文句を言ったりしている時間があるので、素直に全てを学ぶことができないんですね。だから気持ちがそっちに向いていない。でもフーちゃんはそういう自分の中の否定的な対話が一切ないので、素直に目の前のことに夢中になれているように感じます。

フーちゃんみたいに落ち込まない人がいるんだ、自分への否定的な見方がない人がいるんだ。

僕はそのこと自体が発見でした。そんな人はいないと勝手に思い込んでいたからです。そういう人がいるのを知ると、今までの自分に対して、すぐ文句を言いがちな、鬱状態の僕が、少しずつ緩んでいったんです。

そんなふうに悪く言わないよ、と突っ込むフーちゃんが、自分自身に突っ込まない僕を少しずつ生み出していったように思います。

第八回

# 平凡な穏やかさ

僕は躁鬱病になってから、というよりも、その前から、気分の波に翻弄されてましたので、なんとか自分なりの穏やかな生活を送りたいと思ってこれまでやってきました。だから、必死に躁鬱病の本を読んでみたり、鬱になったらどうするべきか、みたいなことを調べたりしてきたんですね。しかし、どこにも自分の気持ちを穏やかにさせてくれるものはなかったんです。どれも、読んでいる時や知った瞬間には新しく知識を得られて、何か少し楽になるかもしれないと思っても、現実の生活に戻ると、やっぱりそんなわけにはいかない、と落ち込むことも多かったんです。

ところが、そんな中、23歳からずっと一緒にいるフーちゃんは、もう20年以上一緒に過ごしてますが、とにかくずっと穏やかでした。

僕はそんなフーちゃんのことをもちろんわかってはいるつもりでしたが、でもやっぱり気づいていなかったんだと思います。

気づきにくかったのは、フーちゃんの穏やかさが、なんというか、一見するとすごく平凡に見えていたからです。僕は若い頃から、本を書いたり、絵を描いたりすることで何かを生み出して、生きていきたいと思ってましたから、そのフーちゃんの平凡な穏やかさは、もちろん、心を安らかにしてくれるものではありましたが、でも同時に、そんなに穏やかではいけないと感じていたところもあります。だから僕としては、切り分けていたのかもしれません。フーちゃんは穏やかでいいけれど、その調子じゃ、僕としては作り出す仕事をやり続けていくことができない、刺激が必要だ、といつも何か目新しいもの、知らないこと、わからないことに向かっていました。目の前のフーちゃんが持っている、生き抜く技術みたいなものが見えていなかったような気がします。

フーちゃんの凄さを強く感じるようになってきたのは、最近のことなんだと思います。気づいていくにつれて、僕の躁鬱病も少しずつ落ち着いてきました。

フーちゃんは何かから得た知識によって身につけたような、生き抜く技術が一切ないんですよね。僕は自分が困ると、それこそ鬱状態に入ってしまうと、なんとかこの状態を切り抜けたいと思って、どうにかこの状態を楽にする言葉がないものか、探してしまうんです。それこそ、昔はずっとインターネットで検索したり、本を買ってきて何かないかって焦って探してました。フーちゃんはそういうことを一切しないんです。

というか、どうして、僕はそうしてしまっていたんでしょうか。

それは、自分を否定してしまっているからなんですね。だから、僕の中にあるものでは永遠に解決できない、みたいな思考回路になってしまうわけです。だから誰かに教えを乞《こ》わなくちゃいけない、僕が駄目なんだから、それを訂正しなくちゃいけない、となってしまうわけです。

フーちゃんにはそれがないんです。自分を否定する、ということが。何度も言うように、自分を肯定する、ということともまた違うわけですが。

フーちゃんのことを書いていると、そんないい人いるのか、それじゃ聖人君子じゃないかと、自分でもついつい思ってしまうんですが、実際はそういうわけではないんですよね。かといって、そんなに困難に遭っているようには見えないのですが、それでも何度か、苦しい時はあったようにも思えます。

少し、フーちゃんが苦しんでいたことについて考えてみます。まずは、躁鬱病を抱えた夫である僕と一緒に暮らしていること。これはもう20年以上になりますが、僕が鬱状態の時はもちろん、僕は苦しいですが、同じように一緒に暮らしているフーちゃんも心配で苦しかったはずです。僕が苦しんで寝込んでいる時、それでも子供たちを散歩に連れていく必要があるので、フーちゃんは気丈に外に出かけていくのですが、住んでいたマンションに戻ってくる時、もしかしたら、僕が飛び降りて死んでいるかもしれないと心配したこともあるそうです。だから本当はかなり苦しかったはずです。

しかし、僕はフーちゃんからこのことに関して、愚痴を聞いたりすることはありませんでした。その逆で、鬱状態になると、僕はどんどん悪いことばかり妄想してしまって、そうなるとどんどん仕事もできなくなるような気がしてきますし、いつおかしくなっても不思議じゃなかったのですが、フーちゃんは無理矢理ではなく、素直に、僕に対して「今まで通りにやればきっとうまくいくよ」と言うわけです。僕としては、なんの根拠もないことをよく言うよ、と自分のことなのにそんなふうに思ってしまって、ついついフーちゃんに対して、「よくそんなに能天気に考えられるな」と口にしてました。なんなら一緒に苦しんでもらったほうがいいとすら、その時は思っていたのかもしれません。しかし、フーちゃんは共感して落ち込む、みたいなことがありません。私は私、あなたはあなた、とそこの境界線がはっきりしてます。でも突き放してくるわけではない。でも、一緒に共倒れになるくらいに感情まで浸透してくることもない。付かず離れず、そっとしつつ、でも距離は保って、近くの空間にはずっといる、という感じです。

フーちゃんは健康で、僕は病気である、という視点も僕はフーちゃんからは感じたことがありません。フーちゃんはよく僕のことを「繊細かつ大胆である」と笑って言うのですが、落ち込むことも含めて、これは僕の特性であり、もちろん落ち込んでいる時は大変だから心配ではあるけれど、でもそれもひっくるめて、全部があなたであり、それも含めて面白い、と言うんです。そして、フーちゃんは自分自身に関しても、ただ肯定的なわけではないのです。私はいろんなことにすぐ怖がるところもあるので、なかなか行動的にはなれない、でもあなたは積極的に行動するからかなり助かっている、と言ったりするように、自分自身の認識に関しても、可もなく不可もなく、というか、とにかく中庸《ちゅうよう》なんですね。

もちろん、それでも息が詰まる時もあったでしょうし、その時は、フーちゃんのお母さんやお姉ちゃんに助けてもらったようですが、家族の絆が強い、みたいな感じともまたちょっと違うんです。ずっとベタベタしているわけでもなく、フーちゃんが頼りっきりというわけでもなく、家族の関係も適度なんですよね。困ったら助け合おう、それぞれ遠くにいるけどいつも応援してます、という感じです。ダメなところを指摘する、みたいなところは見たことがありません。根本的なところは完全に信頼しているので、深く繋がっている必要もない、ように僕には見えます。

最近でも、僕は躁鬱病自体はずいぶん楽になりましたが、それでも2ヵ月に一度、5日間ほど鬱状態になり、寝込みます。だから今も鬱状態の僕を見て、フーちゃんは多少なりとも苦しんでいるとは思います。でも、出会って20年、この鬱状態の時の対処については、二人でとにかく方法を見つけ出してきました。とは言っても、鬱状態の苦しさ自体は変わらないので、きついことはきついのですが。最近の対処法について、少し書いてみましょう。

まず、僕が体の痛みや凝りについて、何か言い出します。これが鬱状態に入る合図のようになってます。変だなと思うと、そう思った時にはもう鬱状態に入っていることが多いです。そうすると、あれこれと足掻《あが》くのを諦めて、とりあえず僕は家ではなく、同じマンションの1階に2年前に作ったアトリエに移動します。

鬱状態に入ると、フーちゃんと二人きりだと全然問題ないのですが、子供たちに苦しんでいる姿を見られたくないと強く思うようで、二人でいるほうがいいんだけど、仕方なく、それでも一人でアトリエにいるほうが気分が楽なのです。そうすると、その日のうちにフーちゃんが布団を持ってきてくれます。僕は書斎に布団を敷いて、そこから約5日間、苦しい鬱の旅がはじまります。こうなってしまうと、自己否定の渦に突然飲み込まれます。その時にフーちゃんは一日に二回くらい、おにぎりを握って、アトリエを訪ねてくれます。その時に1時間くらいずつ話すのですが、自己否定は止まりません。もうこれ以上仕事はできないと僕は嘆きます。ゆっくり寝ていればいいんですが、それができたら苦しくないわけで、とにかくゆっくりすればするほど自己否定が止まらなくなっていくんですね。それでソワソワしてしまうので、寝てられません。

フーちゃんは、鬱状態に入る前の僕の様子を落ち着いて話してくれます。その時は、少しも自己否定はしてなかった、という確認事項を教えてくれるわけです。教えてもらっても、鬱状態の僕は簡単には納得してくれないのですが、しかし、それでも最近は「何か作っている時は苦しくはなくなる」という唯一の対策を二人で自覚しているので、つまり、僕にとって鬱状態とは、誰とも会わずに、一人でアトリエに籠って、缶詰になって作品制作する時間である、とも言えるんです。フーちゃんと対話してきたことで、自己否定が自分の性格ではなく、誰にでも起こり得る鬱状態の特徴であるということが、少しずつ認識できるようになってきているのかもしれません。もちろん、それでも苦しいのですが。

それでも最近は、そんな生活を5日間もすれば、体は次第に楽になっていくということを二人で知っていきました。だから、僕はいつでも鬱状態になると苦しいのですが、フーちゃんは5日もすればきっと治って家に戻ってくると、確信しているそうです。フーちゃん自体は、僕が鬱状態になっても苦しくなくなっているのかもしれません。

ここでもし、家でフーちゃんが暗くなっていたら、子供たちにもなんらかの影響があると思うのですが、フーちゃんが、鬱状態のことを僕に必要な休息の時間でもあると認識しているので、娘のアオと息子のゲンも、僕が躁鬱病であることをしっかりと理解し、しかも鬱状態も悪い状態ではなく、そうでもしないと僕が休まないので、必要な時間であると認識してくれてます。このこと自体が、僕が苦しみすぎないようにできるようになってきた要因になっていると思います。無理に元気にしない、その代わり落ち込まずに淡々と、どんな時も楽しく過ごすというフーちゃんの技術が、子供たちにも浸透し、今ではフーちゃんだけでなく子供たち二人も揃って、三人で、鬱状態の僕の助けになってます。

フーちゃんは大学卒業後、すぐに就職をせずに、やっぱりやりたいと思っていた彫金の専門学校に通います。その後、ジュエリーデザイナーとして会社に就職して働きはじめるのですが、すぐに妊娠してしまい、なかなか仕事をはじめることができませんでした。僕は自分があまりにも不安定な仕事をしているので、結婚し子供を育てるなら、フーちゃんにも一緒に仕事をやってもらいたいと思っていました。それでもフーちゃんは子育てをはじめてからは、なかなか彫金の仕事に集中することができず、ほとんど仕事はしませんでした。僕は時々、ジュエリーを作ろうとしないフーちゃんに対して、怒ってしまうことがありました。毎日、少しでもいいから、すぐに仕事にならなくてもいいから、それでも少しずつデザインをしたほうがいい、と元気な時の僕は強く言うことがありました。そうやって焦らせてしまったことは、フーちゃんにとって苦しかったかもしれません。ジュエリーの仕事で独立して仕事をすることは、自分にとってハードルが高いと思ったのか、フーちゃんは別の仕事で何とか収入を得ようとバイトを始めました。けれど、先にも書いたように、店長からのパワハラでかなり精神的に苦しめられて辞めるということもありました。仕事ということに関しては、あまりうまくいかなかったとも言えます。

しかし、今になって考えると、フーちゃんは子育てだけに集中していたわけじゃなかったんです。僕の躁鬱病の看病もあったんですね。自分で巻き込んでおきながら、僕はついつい忘れてしまってました。僕はフーちゃんのおかげもあって、躁鬱病を抱えつつも、それでもやり続ける仕事として、今の、本を書いて、絵を描いて、それを自分で独立して実現していくという方法を見つけ出し、現在ではフーちゃんと二人で会社を作って、それでなんとか継続的にできるようになってきました。

「鬱状態になっても、大丈夫ですか？　その時は特別な対処が必要になります」と仕事を一緒にする人には伝えつつ、理解してくれる人とだけ仕事をするという今の方法を見つけてからは、少しずつ体は楽になりました。鬱状態になると、それまで連絡を頻繁にとっていた僕が突然連絡ができなくなりますので、そこからはフーちゃんが仕事の相手に連絡をするというチームワークが生まれました。そのおかげで、時々、仕事をキャンセルしなくちゃいけない時もありますが、それも織り込み済みで二人で仕事をしているので、今のところ大きな問題は発生せず、僕もこれだったら、死ぬまでやっていけるかもしれないと思えるようになりました。そうすると心の余裕もできてきました。

さらに、子供たちも大きくなり、子育ての負担が減り、フーちゃんはとうとう2年前の2021年10月に、僕が熊本に作った美術館の上階に、フーちゃんが自分でデザイン、制作したジュエリーのお店「FU」をオープンします。フーちゃんは勤めていた仕事を辞めて、独立してやっていこうと決めた瞬間に妊娠が発覚したので、お店に立つのはそれ以来です。それが2007年ですから、娘のアオの年齢と同じく14年ぶりのことです。なんでも、ちゃっちゃかどんどんやってしまう僕とは違い、フーちゃんはゆっくりペースなだけなんだと今ならわかります。

もうすぐお店をはじめて丸2年になります。最初はお客さんが入らない時もありましたが、それでも、気持ちよくなるようにお店の空間を自分で作ってて、少しずつジュエリーも売れるようになっていき、1年目からなんとか独立してやっていけてすごいなと思いました。お客さんが全く来ない時も、僕だったらすぐ嫌になったりするんですけど、フーちゃんにはそういうところがあんまり見えません。仕事が早いわけではないので、新しく商品を作るのに四苦八苦してますが、出来上がったジュエリーはどれも丁寧な仕上がりで感心します。フーちゃんは僕みたいに、苦しんでいるけど、なんとか手を動かして作ろうとしていないと死にそうなので、なんでもいいから歯を食いしばって作る、ようなことがありません。速度が遅いから、やってもやってもなかなか進まない、と大変そうな顔をしていることはあるけど、作ること自体が好きで、一つずつ丁寧に作っているから遅くなっているだけなんですよね。

行動力全開でやっていくわけではなく、フーちゃんは至ってマイペースにやっています。

自分を否定せずに、無駄に落ち込むことなく、その日にできることを人と比べることなく、自分なりに少しずつ進めていく。フーちゃんのそんな姿が、これからは彼女自身の創作活動と結びついていくことを想像すると、楽しみです。僕はフーちゃんを幸福な人だと思っているのですが、それは何かに満たされ、何かを達成したから幸福というわけではない、というところが興味深いです。僕はついつい、何かを閃きそれに従って行動している時は幸福なのですが、そうやって感じる幸福は当然のことながら長くは続かず、すぐにこれからどうしようという不安を感じてしまっていました。

フーちゃんはそれとは全く違う状態です。何かに満たされているようにも感じません。何か達成したいことがある、という高い目標に向かって、必死に努力しているということとも違う気がします。ジュエリー制作に長く取り掛かれなかったことも、少しも後悔したり、子育てのせいでできなかったとか、僕の躁鬱病の看病が大変だったから、とかそういう原因とかを口にもしません。今まではやろうと思えなかったし、やれるとも思えなかった。今はやってみたいと感じているからやってみたら、できた。できたからといって、これからもずっと安泰だとも思わないけど、うまくいかなくなったらどうしようと心配することもない。うまくいかなかったら、「ちょっと無理だったかも」とフーちゃんは落ち着いて判断して、止めて、次のことに向かっていくと思います。

フーちゃんは「今」と密接に結びついてます。フーちゃんから「これからどうするんだろう」という不安の声を聞いたことがありません。同時に過信もしてません。不安もないが、期待もしていない。かといって、いつも真ん中でいようと努力しているわけでもありません。ましてや悟っているわけでもない。

一体、フーちゃんって何者なのでしょう。ここまで書いてきたのに、やっぱり僕にはよくわかりません。

これからどうしよう、と不安になる瞬間が全くなく、朝起きると、もう少し眠りたい場合は、子供たちに朝ご飯を作って準備を済ませて送り届けて、その後、寝ます。そして、しばらく二度寝をした後、目を覚ますと、気になっていた部屋のどこかの掃除をはじめます。

フーちゃんは何か映画を観にいくわけでも、友人とお昼ご飯を食べにいくわけでもなく、一見、退屈そうにしているようにも見えるんだけど、おそらく一度も退屈したことはありません。ぼうっとしているだけなのです。そして、ぼうっとするのが終わると、色々と日々の細かいやるべきことに追われはじめます。一つ一つの作業はとても時間がかかります。だから、終わらずに一日が過ぎてしまうことも多いようです。代わりに僕がやると、1時間のうちに全部終わったりします。でも、それは僕が終わらせようとしているから終わるんですよね。フーちゃんは終わらせようと急いでやるのではなく、丁寧に目の前の作業をしているように見えます。ジュエリー制作と、家事と、掃除と、子供たちとの時間がどれも等しく価値のあるものと感じているように僕には見えますが、そもそも何かに特別な価値があって、それ以外に価値はないという思考回路ではありません。

何かの会合に顔を出して、面白くなかったりすると、ついつい僕は「面白くなかった、無駄なことをした」みたいに文句を言うのですが、フーちゃんは「わあ、面白くないなあ」って、ただじんわり感じているんだそうです。どんなことも面白く感じるわけでもないらしいんです。そもそも僕みたいに何かを面白いと強く感じることのほうが少ないそうです。「しっかりと時間を味わっているね、君は」と僕が感動しても、そもそもフーちゃんには時間を味わうみたいな感覚自体がないそうです。僕は何か区別しているんだと思います。自分にとって何か価値のあること、ないこと。そうやって、過去も今も未来も、その時間を区別しているのかもしれません。フーちゃんはそこに優劣をつけません。

僕が鬱状態で苦しんでいる時、僕は自分でそうやって苦しみながら過ごしている時間に価値がないと思ってしまうんだと思います。だから、そんな価値のない時間を過ごしている自分が嫌になってしまうんです。ただ横になって寝ているだけの時間を、つまらないと切り捨ててきたんだと思います。フーちゃんはそういう区別がないんです。苦しんでいることが無駄ではないとか、逆に価値があるとかなんとかかんとか、ついつい僕は、自分の状態にそうやって名前をつけたがるんですが、フーちゃんは、今は苦しんでいる、さてどうするか？　と今の時間と素直に向き合ってますから、その対処をはじめるんです。

フーちゃんと話していると、どんどん不思議な気持ちになります。フーちゃんは僕が何かを作っていようが、作ってなかろうが、関係がないと言うわけです。何かをしている人だから好きとか、そういうことじゃない、と。だから、鬱状態がひどくなって、たとえ何にもできなくなっても、私が恭平を好きなのは変わらないと言います。

しかし僕は自分に対して、そういうふうに見ているところがあるんですね。自分は何かを作っているからこそ、価値がある、みたいな感じで見ているのかもしれません。でもフーちゃんと話していると、そういうことがどんどん脱臼《だっきゅう》していくんです。何もしたくないと思ったら、何もしなければいいし、かといって、それでそのままずっとぼうっとしているわけでもないだろうし、きっとまた何かをはじめようと思うよ、と。

一体、自分はなんのために今まで行動してきたんだっけ、と少しめまいを感じます。

仕事がなくなったら、またなんでもいいじゃん、バイトでもやったらいいし、食べていくために必要ならやってみるだけだよ、とフーちゃんは全く外からの目を気にしません。誰も馬鹿にしないよ、と。むしろ、みんな助けてくれるよ、と。僕が子供たちに自分の躁鬱病が悪影響を及ぼすからと嘆いている時も、いつもフーちゃんは言ってました。「あなたが悪影響を与えるとかそういうことじゃなくてね、あなたは今、困っているでしょ。子供たちはみんな今まで一緒に力を合わせて生きてきたんだから、彼らはきっと助けてくれるよ」と。

とても素朴で単純なことのようにも思えますが、僕はどうしても、こういう視点を持つことができなかったんです。

これこれこういうことをしなくちゃいけない。そうしないと将来どうなるかわからない。自分は駄目な人間なんだから。今までもうまくやれてこなかったんだから。

僕はいつもこのような思考回路の中に迷い込んでしまってました。そして、今も鬱状態の時は変わらずこの迷路に入り込んでしまいます。

そして、そんな不安に打ち勝つために、じゃあどういう対策が必要なのか、みたいなことをずっと考えていたわけです。結果的に、どんな対策を取ったとしても不安は減るどころか、毎回強くなっているように感じてました。

そんな時のフーちゃんでした。フーちゃんには、僕が苦しんでいる時の土壌になっている、この過去と未来への強い不安と後悔が一切なかったわけです。

あるのは「今」の作業だけ。それがのちに、僕は自分で日課を作って、手を動かして、それを継続していくという自分の仕事の方法論に繋がっていったのだと思います。


僕は幸福人にはなれないと思います。フーちゃんはネイティヴ幸福人ですが、その反《はん》芻《すう》のしなさ、過去に一切囚《とら》われていない、未来への不安のなさ、もうそれには歯が立ちませんし、数年かけたとしても、同じ思考回路になるのは無理です。そう書くと、またフーちゃんが笑うでしょう。「あなたはあなたのいいところがあって、私には私のいいところがあるんだから、あなたは私にはなれないし、もしもなっても退屈して死んでしまうよ」と。

そんなわけで、僕は幸福人になるための本ではなくて、この世に生息しているという、世にも珍しい幸福人の生態自体を書いているんです。

幸福人がそばにいれば、僕たちにはとてもじゃないが信じられないような、全く不安も後悔もない、とんでもない穏やかな世界が一瞬にして広がります。

そして、この全く考えもつかなかった、感じたことすらなかった不安のない世界は、なかなか気づくのに時間はかかりましたが、僕が生きる上で、実は体を自然と楽にさせてくれていたのです。さらには不安人（つい僕は自分のことをこう呼んでしまいますが）もやり方次第では、毎日同じような世界が続いてきて、さらにこの後もずっと続く、一見すると気が遠くなるようなこの今の連続の中でも「安心」を作り出すことができる、と感じることができるのではないかと思わせてくれました。

幸福人であるフーちゃんには不安も後悔もありませんが、同時に、安心や幸福という言葉もないように思います。そうやって、自分の状態を逐一区別しないわけです。

不安人である僕は、不安が定期的に襲ってくるので避けることができません。ですが、安心を作り出すことはできるとわかってきました。

時間を区別せず、今をそのまま受け入れる。さすがにこれは幸福人ならではの境地なので、無理に真似するのはやめとこうと思ってます。不安は消えないが、その代わり安心を作り出せたら、その時間の間は「今」をじっくり感じ、気楽にぼうっとすることができるようになったのです。だからこそ、今のうちに僕が感じた「安心」の種であるフーちゃんの言動や態度を、何か記録に残しておきたかったのです。

みなさんの安心の材料にもなったら嬉しいです。

『幸福人フー』を読んで

フーより

読んでいたら、ちょっとした違和感を抱きます。なんと言ったらいいんでしょう？私がやたらといい人に見える感じ、に違和感を覚えます。書いてあることは間違ってるわけじゃないのだけれど、人間くさいところやこんがらがったようなところが見えてこないので、きれいに見えすぎる。私が私だから書けることを書いてみたいと思います。

「フーちゃんは不安ゼロ」と恭平は言いますが、私には不安がないわけじゃないなと思います。先日も「健康診断に行ってないな」と思っていたところに、友人から「年齢的にも健康診断行ったほうがいいよ〜」と言われた途端、急に心配になりまして、何か病気だったらどうしよう……と考えるようになりました。そうなると健康診断に行くのも怖くなり、予約の電話も躊躇《ちゅうちょ》します。結局、健康診断を受けてホッとしたのですが、その間ずっと頭の片隅に心配事として居座っていました。そういった具体的な不安は時にはあるのです。

ただ、「漠然とした不安」はゼロなのかもしれません。何事に対しても、できるようにしかできないなと思っているからでしょうか。自分はもっとできるのに、とは思ってないです。もしかしたらもう少しならできるかも？　くらいなので、向上心の上向き加減はかなり緩やかだと思います。この部分に、以前の恭平はイライラする時があったり、「なんて向上心がないんだ！」って思っていたんじゃないかな。〝以前の〟と書いたのは、今は前より私への理解が深くなっていると感じているからです。今と同じことをずっとやっていたいわけではないのだけど、やっぱり今の自分とかけ離れたことはできる気がしない。

そういう、本来の自分と理想の自分とのギャップが小さいところが、不安が小さいことに繋がるのかな？　と思ったりします。そもそも、理想の自分というのがないと言ったほうがよいかもしれません。反対に、自分は全然ダメだ……と思うこともあまりありません。

あと、「不安ほぼゼロ」でいるには、環境がとても関係していると思います。今までに身を置いたことのある人間関係の中でも、ちょっと意地悪な人やどうも相性が合わない人がいる場合には、自分の振る舞いや気持ちだけではどうにもならないと感じて、不安が生まれ、気持ちも不安定になることがありました。

逆に周りの人が自分を信頼してくれていて、協力しあえる状況だと、私は安心していられて、その上で気持ちがドッシリと安定するように思います。だから、信頼をしてくれている家族には感謝していますし、そのことが私はこのままでいていいのだと思えるエネルギーに繋がっています。

そして、東日本大震災や熊本地震などの非常事態時には、私の頭は恭平が即座にする判断とは逆のほうにいきます。そういう場合でも、私にとって咄嗟に動くというのは難しく、そしてとても不安になります。

恭平の言う「幸福人フー」は、日常が流れていて、今の状況の中だからあり得ることなのです。

私のことを「幸福人」と恭平は言っています。けど、「幸せ〜」って思わず言っちゃうような瞬間ってそんなには多くないです。逆に不幸だと思うこともないのですが。普段、自分が幸せかどうか？　ということを考えることがないので、そのことを気にかけていない、というのがしっくりくるかな。毎日の生活に追われながら、つまりたんたんと生きているなぁと思います。

そして恭平のほうがよっぽど幸福人なんじゃないか？　と思う瞬間もあるのです。躁鬱の波を持ち合わせている恭平は、元気な時は太陽の光や風を感じるだけで「幸せ〜」と言わずにはいられないのですね。そんな時を思い出すと、彼のほうがよっぽど幸福人なんじゃないかと思うのです。

私は自分が好きだと思うこと、それは刺繍をしたりジュエリーを形にしたり、それを通じて人と話すことだったり、美味しいものを食べたり、夜ちょっと散歩に行ったり、映画館に行ったり……、書いていたら職業的なことから他愛もないことまで、色々出てきました（笑）。それができる状況はありがたく、それをしている時は楽しいし、うきうきするんですけど、彼が思わず口にしてしまう「幸せだなぁ〜」っていう感じ方とは違う気がしています。

彼には時に全てが重く苦しくなる時間が存在するからこそ、感じられる幸せなんだろうなと思います。私には全てが苦しくなる時間はないのだけど、全てが軽やかで幸せな時間というのも多分ありません。ちょっとした煩《わずら》わしさや気の重さ、ちょっとした嬉しいことや笑っちゃうことなどがいつも同時にあって、それと共に過ごしています。……ん？　幸福人は誰なのでしょう？



『幸福人フー』を読んで

フーより

2023年の前半に開催された熊本市現代美術館での個展「坂口恭平日記」で、インタビューをして頂く機会がありました。そこでインタビュアーの方から「恭平さんの作品は、彼の活動を知らなかったとしても作品そのものに力があって素晴らしいと思うけど、作品についてはどう思いますか？」と聞かれた時にしばらく考えたけれど、私は答えることができませんでした。私は彼の作品を作品としてだけ観ることはしていないし、できないなと感じたのですね。作品の一つ一つにその時の彼の調子とか、状況とか、行った場所とか、その時の私の気持ちとかが全部くっついてくるのです。私と彼の作品の間には必ず彼がいて、調子の波や彼の言葉、一緒に見た景色とか、そういうものを通して、作品を観て感じているように思います。

20年以上一緒にいて、出会った頃からいつも思ってきたのが「恭平がやりたいことができるといい」ということなのですけど、「恭平は絶対文章を書いたほうがいい！　絵を描くといい！」みたいなのは、ないんです。言い切る強さに憧れたりもしますけど、彼のその部分に対してはそういう思いを持ってないなと思います。やりたいことが変わってもいいし、その時にやりたいと思ったことをできたらいい、と。

そういう感じなので、恭平が鬱になって「もうこの仕事をやっていけないかもしれない、文章も絵もかける気がしない」と言った時は、「それなら文章でもない、今やりたいと思えることを探してみようか？」という話になります。文章も絵もかけなくなることはきっとないだろうと、今までを見て私は思ってるんですが、他のことをしてもいいとも思っています。この会話は鬱の時に毎回と言っていいほど、します。

鬱の時に恭平は、彼自身に対してすごく不安を感じるようですが、私は全然不安ではないのですね。だって彼がコツコツやってきたのを見てきたし、やってこられたのも見ている。彼に対する私のこの自信は、彼を助けもするけれど、鬱の時の彼の「フーに理解してもらえない」気持ちに繋がるので、いいものかどうかわかりません。先ほど書いたように、鬱の時には文章も絵もかけなくなるかもしれないとは言うけれど、ここまでやってきてかけなくなった試しがありませんし、もし書けなくなっても、描きたくなくなっても、これからのことはどんなふうにでも変えていけると思うのです。

私は彼になって体験することはできないので、鬱の時に彼がどんなふうに感じているのか？　どんなに体が重いのか？　全て理解するのは難しい。彼の気持ちや状態は彼の言葉から想像するしかないのだけど、それも想像でしかありません。そのことをわかっておくこと、それが大事なのかなと思います。でもつまり、想像することはできるのですね。だから想像をしてみる。

鬱の時、実際の私はどうかというと、彼と話していると「そんなに状況は悪くないよ」と頭では考えて、伝えたくなるし伝えちゃうけれど、彼は状況には関係なく苦しいから、理解してもらえない感じがするのでしょう。お互いにイライラしたりすることもあります。そういう時は、お互いに一人になって過ごします。するともう一度考えてみることができて、「相当苦しいだろうな」と思ってきて、話をしに行きます。話してみたり、お互い一人になってみて、彼の気持ちを想像してみて、また話してみたり。それの繰り返しです。

数日前から恭平は鬱になってだんだん辛そうになってきて、さっきも「今夜はアトリエで寝る」と言って出ていきました。私は自宅でこれを書いていて、頭では今までのことをまとめて「言葉にしてみる」ということをしてみていますが、実際に今の今、恭平の鬱に直面すると、自分ができることはほとんどないように思います。

彼が苦しんでいる中身はやっぱりわからなくて、とても辛そうな時にはそんな私と話すこと自体が辛いようです。無力だなと思うし、悲しいなとも思うけれど、私が彼に対してできることはその部分ではないのだろうなと感じてきています。昔は私が何か変えてあげられたら……と意気込むような気持ちがありましたが、今はそうは思わなくなりました。鬱の時は私以外の信頼できる人たちと電話やメールで連絡を取っている、と話してくれます。家族以外にも頼ることができて助けてくれる人の存在は、とても大事でありがたいです。今は少しずつそういう人が増えてきて、みんなで恭平を支えているのを感じています。

彼は周りに危機が起こると躁状態を発動して元気になるので、彼がしっかり落ち込むためには、周りが元気で危機がないことが条件。だから、そのために家や仕事のことを整えて保っておく。できることはそういうことなのでしょう。

恭平を見ていて、鬱の時はとにかく一度止まって、休んで、決めなきゃならないことは後回しにして、心や身体が少し動き出そうとするまで、とにかく待つのがいいように思います。

「恭平がやりたいことをできるといい」といつも思ってきたと言いましたが、そればかりを優先させると、私の気持ちや身体が追いついていかない場合が出てくることもわかってきました。

女性問題がまさにそれにあてはまるし、学校やホテルなどをやりたいという時も。「いのっちの電話」も初めの頃はそうでした。「面白そう！　いいじゃん！」とは私には言えないのですね。かと言って、頭ごなしに「やめてくれ！」と言うこともないかな、と思うこともあり、そうこうしているうちに私の気持ちや反応がボヤボヤとしてくる。

こういうことを繰り返すうちにだんだん、昔から自分の気持ちに気づいて嫌なことは嫌だと伝えたり、怒るのが苦手なことにも気づいてきました。それで、恭平の言葉や行動に対して自分はどうしたいのか？　嫌なのか？　何なのか？　感じていることを拾い上げて、決めて、言わなくてはならなくなったのですね。それとともに、私は何がしたくて、これから何をしていくのか？　についても考えることになっていきました。

こんなことは、考えもせずにスッとやってきた人もたくさんいると思うけれど、私は恭平と一緒にいたからこそ、強烈にこのことに気づくことになったのですね。そういうことを経て、今は少しずつ自分のやりたいことがわかって、やれるようになってきましたが、その速度はゆっくりで、時間がかかりました。そして、きっと自分について理解していないことがまだたくさんあるだろうと思うし、今でも日々勉強だなぁ、と感じます。恭平が鬱の時には特に、毎回本当にたくさん恭平と話すことが必要になるのも手伝って、これからも彼といたら新たに気づかされることもあるでしょう。そういうことが彼に対する気持ち、彼との関係、家族の関係も常に刷新させていくのですが、毎日生きているなぁと実感するし、私が彼といると楽しい理由でもあります。同時に必死でもありますが（笑）。

そして、もしかしたら家族内に限らず、彼の発言や行動を見ている方たちも同じように感じているのかもしれません。色々なことを気づいたり、物事を新しく組み替えて考えるきっかけになっているのかも。鬱の時は、頭も心も体も鉛のように重そうだけど、元気になると身体も思考も本当に軽やかに、縦横無尽に飛び回ります。数ミリ地面から浮いているんじゃないか？　と思うほど。元気な時は話していると、私には受け入れ難い突飛《とっぴ》なアイデアも出てくるけれど、目から鱗《うろこ》が落ちるような方法や考え方も出てくる。

やっていることは多方面にわたり、何をしている人かは捉えにくいけど、芯の部分は昔から変わっていなくて、正直で嘘がつけなくて、新しいことが好きで、困ってる人がいたら助けたい。今や、恭平の肩書きを気にする人はあまりいないんじゃないかと思います。問題はそういうことじゃないんだ、と理解してきてくれているようにも思うのです。

初めは「そんなこと大変だし無理だよー、やめたほうがいい」と思っていたいのっちの電話も、10年経った今はすっかり彼のライフワークになっていて、私も「なかなか相談できる人が近くにいない人が多いんだなぁ」と思いながら、横で聞いていたりします。子供たちにとっても日常のひとコマになっているようです。前例のないことも、長い時間をかけて自分の形で実例を作り出すことができる彼は、誰かが何かをする時に必要なエッセンスや勇気を、人に与えているんじゃないかしら。

どんな時があってもいいし、自分自身との関係を投げ出さずにいてほしい。そうしたら、私は私にできることをすることで、一緒に状況を変えていくことも可能だと思っています。応援してくれている方も、きっとそう感じているのではないかと思います。だから、たとえ鬱になっても諦めずに、躁になっても高ぶりすぎずに、ずっと生きてほしい、ただそう伝えたいです。

2023年6月11日　フーより

初出
第一回から第六回　ｎｏｔｅ（２０２２年７月）
第七回、八回、「『幸福人フー』を読んで　フーより」は書き下ろし

ブックデザイン 吉岡 秀典
（セプテンバーカウボーイ）
イラスト 日隈みさき
校 正 円 水 社
DTP キャップス

# 幸《こう》福《ふく》人《じん》フー《ふー》

僕の妻は「しあわせ」のお手本

令和5年9月10日　初版第1刷発行

著者　坂《さか》口《ぐち》 恭《きょう》平《へい》

発行者　辻《つじ》 浩《ひろ》明《あき》

発行所　祥《しょう》伝《でん》社《しゃ》

〒101-8701
東京都千代田区神田神保町3-3
03(3265)2081(販売部)
03(3265)1084(編集部)
03(3265)3622(業務部)

印刷　萩原印刷

製本　積信堂

ISBN 978-4-396-61811-7 C0095



祥伝社のホームページ　www.shodensha.co.jp

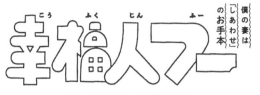